# Agora agora

# Carlos Eduardo Pereira

# Agora agora

**todavia**

*Para Gloria*

*O futuro pertence aos mortos. Já os mortos, os mortos só pertencem a si mesmos. A um presente continuado. Só eles existem no agora agora.*

Ricardo Domeneck, "De cálcio, o futuro"

Jorge Ferreira Neto 11
Jorge Ferreira 73
Jorge Ferreira Filho 133

Jorge Ferreira Neto

# I

O despertador do celular tocou na mesma hora que ele toca sempre, em todas as manhãs, às cinco e dezoito, aquela musiquinha insuportável, deixa eu ver o nome: Primavera Perfumada. (Então alguém, quando deu nome para esse toque, porque existe quem receba um salário para dar nome a musiquinhas insuportáveis de despertador, e elas devem mesmo ser insuportáveis caso contrário as pessoas continuariam dormindo, esse funcionário julgou razoável dar nome de flores para um toque que é mais um apito de trem disparando por dentro da sua cabeça.) Tocou uma vez só, depois de vibrar — o aparelho vibra logo antes de tocar a musiquinha insuportável, e acho que ele vibra forte porque só com essa vibração eu já desperto, mas não me levanto de cara, deixo tocar uma única vez, inteira, só para garantir que está na hora mesmo. E estava.

O celular vibrou, em seguida a musiquinha insuportável, então fiquei cinco minutos sentado na cama como eu sempre fico; mirando a parede sem foto, sem livro, sem quadro nenhum.

Depois fui para o banheiro, escovei os dentes, fiz a barba. Acabei me cortando usando um aparelho descartável que comprei ontem à tarde no mercado.

(Geralmente eu faço as compras de mercado pela internet, um sistema de delivery. Na primeira vez que se usa o serviço é necessário preencher um cadastro informando CPF, seu nome completo, CEP do endereço de entrega, complemento do endereço de entrega, data de nascimento, celular, e-mail, senha, confirmação da senha, precisa dar um xis numa lacuna comprovando que você é você mesmo, que não é um robô, clicar num botão de cantinho de tela caso não deseje receber novidades, promoções e dicas por correio ou SMS e, por último, acionar obrigatoriamente outro botãozinho garantindo que leu e concordou com os termos de uso e a política de privacidade e inclusão do cliente no programa de fidelidade. Na sequência, é encher o carrinho com o que se precisa ticando os produtos separados por categorias: ofertas, bebidas, feira, matinais, carnes, bebês, alimentos, limpeza, perfumaria, e tudo vai ficando registrado num histórico, no campo "meus pedidos". Existem diferentes formas disponíveis de recebimento dos produtos, entrega express, clique e retire, eu prefiro a entrega tradicional, que, acrescentando dezenove e noventa no custo, me permite fazer os pedidos a qualquer hora do dia ou da noite, de madrugada, para alguém na portaria receber por mim no máximo vinte e quatro horas após a compra. É tudo muito prático.

Mas, desta vez, tive o cuidado de evitar possíveis imprevistos e fui pessoalmente ao mercado da esquina.

Ontem, a Brahma de seiscentos mililitros estava em promoção, de cinco e noventa e nove por quatro e setenta e nove cada, então comprei doze, e mais o aparelho descartável com lâminas triplas de barbear, e duzentos gramas de queijo cortado em cubinhos, e duzentos de presunto, e duzentos também de salame, e três sacos de batata frita, e um pacotão de Hollywood vermelho.

Assim que guardei a carteira, depois de pagar, um entregador se aproximou perguntando quer ajuda pra levar pra casa, patrão?, vai ter festa hoje?, tem certeza que consegue encarar esse sol?, ao que respondi com uma cara que dizia cai fora daqui que eu dou conta.

No caminho de volta, passei pela frente de uma galeria e vi que na calçada o segurança acordava uns meninos na base do chute. Então essa ida ao mercado foi pela manhã, e não à tarde.)

Me cortei no pescoço com esse aparelho de lâminas triplas flexíveis, diferente do de lâmina fixa que eu uso todo dia e que herdei do meu pai. De repente foi por isso.

Deixei sangrar naturalmente.

Quando estancou, lavei o rosto, passei minha loção pós-barba e coloquei no corte um curativo adesivo redondo, cor da pele.

Cheguei na sala e me vesti com a roupa que já estava separada desde a noite, a camisa listrada de botão, a calça jeans, as meias, calcei os sapatos.

Foi só quando eu abri a geladeira para dar com garrafas de Brahma de seiscentos, com queijo cortado em cubinhos, presunto, salame, que a luz que se acende quando a geladeira fica aberta, uma luz iluminando essa cerveja toda e boa parte da cozinha, essa luz que me estalou que eu não vou para o trabalho — hoje eu não saio de casa para nada — e, ainda, pude perceber você sentado no chão da cozinha.

## 2

Esse prédio aí da frente foi por muitos anos o prédio do IML. Agora eu não sei o que eles guardam lá dentro, mas acho engraçado que algo do cheiro de carniça ficou. Quando caía a eletricidade, e isso acontecia uma semana em cada três, subia uma catinga empesteando o quarteirão inteiro.

A rua dos Inválidos é muito famosa por causa do vapor que saía daquelas gavetas.

# 3

Então: eu levantei da cama, saí do quarto, vim direto para a sala para ligar o som.

Todo dia eu faço assim, pego o celular e plugo nessas caixas, e vou no aplicativo que já fica engatilhado na playlist, começa com "Heaven Knows I'm Miserable Now", depois "Please, Please, Please", e vai numa sequência de Smiths até terminar com "I Know It's Over", na hora certinha de eu sair de casa e ir para a escola.

Então, eu fiz assim.

Antes eu tinha falado que acordei e fui direto para o banheiro, mas não foi exatamente desse jeito, confundi um pouco as coisas. Fiz tudo como eu faço sempre, só que hoje não fui para o trabalho, hoje eu não saio de casa para nada.

Fiquei por aqui, sentado no sofá, bebendo, fumando, escutando outra vez a sequência de Smiths, passando o olho pelos títulos lombada por lombada dos livros na estante, dos livros na mesa, dos livros no chão, conversando com você, fazendo nada.

# 4

Todos estes livros estão despencando, pois são livros velhos, e eu os leio sempre. Esse hábito de ler criei nos tempos em que trabalhei num sebo.

Na verdade, foram dois: teve o do largo de São Francisco, o primeiro, só que esse foi rápido, o velho de lá me mandou logo embora, a sorte é que foi porque tinha um concorrente dele, outro velho, num sebo lá na Sete de Setembro, que não sei se ficou com inveja do primeiro porque o primeiro tinha um funcionário e ele não, e isso de ter sido funcionário num sebo nem foi porque tivesse algum tipo de talento especial, eu não tinha nenhum, o primeiro velho apenas me ofereceu esse emprego, ofereceu mais por oferecer, e eu aceitei por aceitar, só sei que o segundo velho me fez uma oferta para mudar de sebo, por uns trocados a mais no salário, e eu nem queria aceitar, mas o primeiro velho acabou sabendo da proposta e, de raiva, me botou na rua.

Esse segundo patrão, o seu Fontoura, me punha para varrer a calçada da frente, para caçar ratazanas, para carregar escada acima umas pilhas de livros e depois descer com outras pilhas e ficar o dia inteiro tirando a poeira dos livros. Se chegasse um cliente passeando pela loja, perguntando alguma coisa, era ele que atendia. Tinha medo de que eu facilitasse para algum dos estudantes que iam lá só para roubar.

Assim foi por ano e meio, até seu Fontoura morrer.

Depois disso veio o filho, e filho que assume o negócio do pai não funciona, simplesmente não funciona. Tanto que esse filho me botou de gerente, sem aumento nenhum de salário, só me deu a promoção. Ainda segui com a vassoura, mas passei a ter um tempo livre durante o expediente e, já que não fazia nada, comecei a ler.

# 5

Tenho certeza de que agora você está pensando se eu não fui casado, se eu não tive filhos, se eu não seria uma bicha. E eu digo logo, meu caro, que as respostas são não, não e, puta que pariu, claro que não.

# 6

Eu gosto de assistir ao BBB. Não fico ligado direto, nada disso, afinal eu trabalho, mas sempre que posso costumo assistir sim.

Nem é bem sempre que posso, é um pouco diferente, eu tenho meus critérios.

Em toda edição tem as participantes que ficam, nos dias de sol, quando faz muito calor aqui no Rio, porque a casa onde se grava o programa fica aqui no Rio, em Jacarepaguá, essas participantes põem seus biquínis e ficam muitas horas na piscina, depois passam mais de trinta minutos cada uma no chuveiro. Algumas preferem ficar na academia malhando, alongando seus músculos, e depois passam também seus mais de trinta minutos cada uma no chuveiro. E nas festas é certo que elas bebem, melhor opção já que estão confinadas, e com muita frequência perdem o controle.

Eu gosto de acompanhar. Pela tevê, no smartphone, notebook.

Teve uma dessas participantes, na semana passada, num contato em mensagem com o público do pay-per-view, a Maria Paula, que dizia que seu filme preferido é *Amadeus*, do Milos Forman, aquele diretor que morreu no ano passado. E eu tive que concordar com ela, em parte.

Ela falava olhando direto para a câmera, é condição obrigatória do programa que os participantes façam tudo considerando que há câmeras por todo canto, e microfones, fazer tudo e falar tudo sabendo que há sempre um interlocutor do outro lado. Falava que toda vez que assiste ao filme ela chora, que se lembra do pai, da relação que ela tinha com o pai, que adora quando o Mozart fica louco, que ele vai definhando até ficar maluco, que ela morre de chorar ouvindo um réquiem que ele escreve e nem percebe que compõe para ele mesmo, que ela tem medo de fantasma.

(Eu tive que concordar, em parte, pois o *Amadeus* é mesmo um filme bem bacana, também tenho lá meu interesse por ele, só que meu filme preferido, preferido mesmo, é outro: *Gainsbourg — O homem que amava as mulheres*. Um filme francês, e, amigo, se tem uma coisa que os franceses fazem bem nesta vida é cinema. Esse personagem é daqueles de imaginação fértil, ele vê pessoas, crianças que fumam, ou bonecos narigudos que nem ele, com dedos enormes, que são variações de sua própria personalidade, e no filme há uma cena em que a Brigitte Bardot faz uma dança enquanto ele toca ao piano uma canção chamada "Comic Strip", e numa outra cena ele encontra uma garota para compor com ele uma outra canção, uma canção suja, que é sobre uma ruiva chupando pirulitos coloridos.)

# 7

Me lembrei do Trigonô, das meninas de lá.

Eu frequentava muito, você sabe, toda vez que bati numa daquelas portas foi você que me levou.

Faz quanto tempo que você não me aparece, uns trinta anos? Rapaz, trinta anos.

A primeira vez foi no dia da chegada na PREP, não foi?

Meu pai viajando comigo lá para Barbacena (o meu pai, que durante a viagem quase nada falou, exceto enquanto nós passávamos pelos trilhos do trem que cruzava a cidade, então disparou a fazer comentários sobre o próprio pai, falando para si mesmo e não para mim), meu pai foi comigo até o Portão da Guarda, você logo apareceu nos dizendo *bom dia, eu sou o cadete J. P. Villa-Lobos*, lembra disso? E continuou: *a partir de agora, o senhor* (esse senhor sendo o meu pai), *o senhor pode deixar o seu garoto comigo, eu levo seu garoto até o alojamento, indico onde ele deve deixar suas malas, lhe mostro o beliche, o armário, em seguida acompanho o seu garoto até o stand de tiro, é essa a atividade que os demais da Turma dele estao fazendo agora, em treino de tiro, desculpe se carrego no sotaque, eu venho de México, se precisar repito devagar pro senhor me entender.*

Meu pai não disse nem que não nem que sim, você se lembra? Não chegou a olhar na sua cara.

Apenas, acho, me beijou na testa, agora eu não tenho certeza, meu pai deu meia-volta e, antes que eu pudesse ter a chance de me despedir, meu pai deu meia-volta e foi embora.

\*\*\*

Uma manhã feito essa de hoje, meu aniversário, só que um de três décadas atrás. (E toda vez que eu tento olhar para esse Jorginho de três décadas atrás é como se eu olhasse para outra pessoa, porque é outra pessoa. Esse menino que um dia eu já fui, desde aquele tempo eu já deixei de ser. E nem precisava de intervalo assim tão longo de tempo, trinta anos, poderia ser apenas um, ou sete meses, ou duas semanas, cinco dias, quarenta minutos, não faria diferença.)

Agora me diz se não parece bom: um dia bonito em Barbacena, eu chegando na PREP justamente no dia em que fazia aniversário, eu completava quinze anos.

Acho engraçado isso.

# 8

Encontrei, já faz uns meses, o Sartori pelas redes sociais. Acompanho a vida dele, sei onde ele mora, os quatro filhos, sei da esposa gorda que ele tem.

Numa postagem, falava do orgulho que ele sente em ter passado pela PREP, de como o tempo nos transforma em pessoas melhores, de como os colegas de Turma continuam seus irmãos, que nós comemos a bosta do capeta todos juntos, que todos nos tornamos cidadãos de bem, excelentes exemplos de pais de família, que ele chorou que nem criança ao passear pela PREP com os filhos, assim como seu pai fez com ele uma vez no passado, disse que um Encontro com os parceiros de jornada é sempre um encontro com ele mesmo, disse que aos quarenta e cinco é um homem feliz.

Filho da puta, quem bate esquece.

Sabe que eu sonho que ainda estou na PREP? Ainda aluno de lá, com farda e tudo.

É um pesadelo recorrente em que apareço às vezes na fila do rancho, às vezes de serviço no aloja, é como se ainda fôssemos cadetes, não sei se me entende.

Mas você, Rotapê, nunca aparece.

Todos achando normal me ver no rancho, ou no ginásio, ou em forma em continência à bandeira, eu desconfortável, com essa cara, com essas rugas, com essa barriga, mas fardado, sapatos brilhando, meu quepe na marca, todo mundo achando a coisa mais natural, só eu que sei que algo está errado, que estou na clandestinidade, de algum modo no sonho percebo que sou clandestino, tenho consciência de que eu não deveria estar ali.

# 9

(Já faz um tempo) decidi que no dia de hoje eu não saio de casa para nada. E nem atendo o telefone, deixa ele tocar.

É Maria do Socorro, a velha-chefe da secretaria.

Aquela mulher deve estar achando que eu morri, deve ter certeza de que fui atropelado no caminho para a escola, ou de que escorreguei no banheiro e que fiquei por lá estrebuchando, ninguém para me ajudar, largado todo torto no chão do banheiro com a boca espumando, a cara roxa, daqui a pouco vai deixar gravada sua voz de gralha na caixa de mensagem, vai perguntar por acaso tu morreu, professor?

Com aquela voz de gralha: tu tá morto, professor?

Posso apostar que todos eles por lá estão confusos que nem o diabo, falando mas que merda, esse cara resolveu morrer logo hoje, ele que nunca se atrasou em vinte anos, tremendo babaca orgulhoso, entra e não se dá ao trabalho de dizer bom-dia, não fala com ninguém, não tira da cintura a pochete de couro, e cheira mal, aquela cara de tarado, e não falta sequer num conselho de classe, e fura greve, e não dá cobertura pros colegas, e reprova aluno, mesmo com as ordens da Secretaria ele reprova, esse cara é maluco, deve ter algum conchavo com a diretoria, e agora, o que que a gente faz com essa torta?, e por acaso aquele traste come torta de limão?, porque o infeliz não participa de nada, cheio de marra porque mora no Centro e não na Zona Oeste, grandes merdas, é do tipo que vai do trabalho pra casa e da casa pro trabalho de novo, no caminho duvido que não pare num puteiro, com aquela pinta de tarado, mas nunca que se saiba ele cantou ninguém daqui, nunca foi num churrasco, se bobear é maricona, uma colega uma vez espalhou que ele ficava no cantinho vendo putaria pelo celular, ela jura que viu, todo mundo lembra, não lembra?, de repente o lance dele é esse mesmo: o crioulo deve ter passado o recesso inteirinho só na putaria da internet, os alunos é que odeiam esse cara, pelas costas chamam ele de Diabo Marrom, pode perguntar, eles ficam putos, a gente fica puto, com aquele papo de reposição de aula, com aquela mania de encher com matéria cada canto do quadro, de não dar prova com consulta, de mandar os alunos fazerem trabalho de casa, pega mal pra gente, tem pai que reclama, fica parecendo que só ele que trabalha por aqui, pega mal, injusto isso, dizem que limão ele detesta, por isso a torta hoje é justamente de limão, aquela que tá ali na geladeira da sala dos profes?, tá certo que é de lei fazer festa-surpresa pros colegas, mas vamos combinar que esse cretino nem merece, ele deve ter morrido, vamos comer de uma vez?

# 10

Às cinco e cinquenta eu deixo o prédio e caminho até o ponto na avenida Mem de Sá, setenta metros, aguardo um pouco, e o quanto eu aguardo nessa hora não depende de mim mas da empresa de ônibus, aguardo um pouco para depois pegar o C-70, que faz cinco paradas antes de chegar ao terminal na Central do Brasil, espero de pé na plataforma o trem expresso, e o tempo dessa espera também não depende de mim mas da SuperVia, espero o expresso encostar e então entro, e daí são vinte e duas estações: São Cristóvão, Maracanã, Silva Freire, Olímpica de Engenho de Dentro, Madureira, Deodoro, Vila Militar, Magalhães Bastos, Realengo, Mocidade/Padre Miguel, Guilherme da Silveira, Bangu, Senador Camará, Santíssimo, Augusto Vasconcelos, Campo Grande, Benjamim do Monte, Inhoaíba, Cosmos, Paciência, Tancredo Neves, Santa Cruz.

Sigo a pé direto para o largo do Bodegão, entro na escola, subo as escadas e já saio quase em frente à minha sala de aula (não chego a passar pela dos professores).

E toma de apaga o quadro não, professor, quinda tô copiando. E de pode fazer a prova a lápis? E de mas, professor, tu me deu falta na semana passada?, eu tava trabalhando, professor, ajudo a minha mãe a vender uns bagulho na feira.

Depois de muita presepada, ao meio-dia em ponto eu saio da sala de aula e retorno pelo mesmo caminho: do Bodegão à estação de Santa Cruz, depois as vinte e duas estações no sentido contrário, depois pegar o mesmo C-70, só que vindo e não indo, depois a portaria do prédio, a pergunta de sempre se não tem correspondência para mim, se o porteiro tem mesmo certeza de que não, depois a porta da cozinha, a tranca de cima, a tranca de baixo, então ficar às vezes lendo, às vezes navegando na internet, até de noite.

# II

Se você me perguntar qual foi a última vez que coloquei meus pés num consultório médico, eu não vou saber dizer.

Eu nunca tive nada.

Nem resfriado, quase.

Nem dor de cabeça.

Nem tomo remédio, nem por conta própria.

Até poderia: para dor de barriga é batata tomar cloridrato de loperamida, tenho sempre aqui em casa um Diasec, ele atua fazendo com que as fezes fiquem sólidas e reduzindo a frequência das evacuações. O início da ação acontece já desde o primeiro comprimido, logo se nota a diarreia recuando, está tudo no site. Eles lá recomendam que não se tome o Diasec se houver sangue nas fezes, ou fezes com pus, ou caso o cocô desenfreado venha acompanhado de febre. Mas não levo muito a sério as ordens desse fabricante, eu já tomei do meu jeito e funcionou da mesma forma.

E se a dor for sufocando o pescoço, se dormiu de um jeito torto ou se não dormiu, ou se passou muitas horas na mesma posição em frente ao computador e os músculos do pescoço estão dizendo para você consertar essa postura, que é uma merda ficar tanto tempo sem mexer a cabeça, assim funciona bem se você engole logo de uma vez dois comprimidos de Maxalt RPD, a seco mesmo.

Eles avisam das desgraças que acontecem se ingerimos essas drogas misturadas com bebida alcoólica. Mas nunca senti nada disso.

Eu nunca senti nada.

As orientações estão todas na internet. O sujeito acessa o site de um laboratório, clica na aba indicada aos profissionais da área de saúde e resolve sozinho o seu problema.

Mas eu, como não sinto nada, não tenho motivo para ver site de laboratório nenhum, nem para fazer visita a consultório médico.

# 12

Estou com a bexiga cheia outra vez.

Funciona assim: a gente, quanto mais toma cerveja, mais inibe a produção de ADH, um hormônio que é antidiurético, então é normal que a gente mije tanto.

Hoje, logo cedo, quando fui ao banheiro e me cortei no pescoço com o aparelho de lâminas triplas de barbear, eu mijei.

Entrei no banheiro, escovei os dentes, fiz a barba, me cortei fazendo a barba, depois disso mijei.

Eu mijo sentado. Um dia li que um conselheiro de um partido de esquerda na Suécia propôs uma lei exigindo que os homens mijassem sentados nos banheiros públicos de lá, com o argumento de que se o cidadão mija sentado, o mijo não respinga na tampa, na borda do vaso, no chão, nas paredes, então diminuem as chances de propagação das doenças. Eu mijo sentado, mas não sou de esquerda — Deus me livre —, também nunca fui nesse condado sueco, e nem acho que o meu mijo sai doente de mim. Meu mijo é puro, um mijo doce, poderia até beber se fosse o caso. Eu mijo sentado que nem mulherzinha por outro motivo: mijando sentado, esvazio a bexiga totalmente, o que é melhor para a próstata, e significa que me manterei sexualmente saudável por muito mais tempo. O apartamento é pequeno, o banheiro é apertado, então, logo cedo, consegui mijar sentado e ao mesmo tempo olhar no espelho meu pescoço sangrando.

# 13

Chegou a reparar no quadro pendurado na parede do corredorzinho que vai dar no banheiro? Aquele com um sujeito negro de gravata-borboleta. É o Mestre Januário. Essa foto eu tirei sem que ele estivesse de olho, se distraiu por um minuto então aproveitei para registrar.

Não queria aparecer demais, o nosso Mestre. Bastava vir alguém com uma câmera na mão que ele logo corria. Primeiro enrolava, inventava um compromisso e dizia que não era tempo para essas coisas. Depois, se insistissem, o Mestre revelava que em verdade não era adequado, segundo as orientações dos seres da Planície Astral. Orientações a que ele tinha acesso e que trazia anotadas em detalhes, e há nessas anotações uma sequência de mil verdades indubitáveis, verdades que dizem que a leitura é o caminho da Imunização, que nos põe em contato com os poderes do Racional Superior.

O Mestre Januário revelava que esse grau de exposição pelas fotos, ou por outros meios, não trazia vibrações positivas. Só que eu mandei ampliar e pôr moldura, e desde então essa foto não sai da parede.

Minha avó Creusinha, de Friburgo, certa vez recebeu o Tim Maia em sua casa, essa eu já contei? O Tim era colega-racional de meu tio Olavinho. Depois de uma sessão, o Tim falou que tinha fome. E era uma fome específica: o Tim Maia, colega-racional de meu tio Olavinho, estava louco por um bolo de cenoura.

Dizia que no Rio de Janeiro não tinha sequer um lugar que oferecesse um bolo de cenoura decente, desses com chocolate por cima, que ele já tinha rodado por tudo que era canto e não tinha encontrado um bolo desses que prestasse. Meu tio falou a mamãe faz um bolo de cenoura que é de comer com uma mão agarrada no garfo e a outra espalmada em oração, e o Tim duvidou, disse duvido, disse que se era verdade, então que meu tio o levasse a sua mãe para conferir se o bolo era essa maravilha toda, e meu tio Olavinho disse claro, vamos lá que tu vai ver, e o Tim disse agora, e era uma terça de tarde, e meu tio disse vamos. Eles entraram no Opala de meu tio e seguiram direto para Friburgo, para a casa dessa minha avó. O Tim foi dormindo daqui até lá.

Minha avó Creusinha se desencostou do tanque, largou sua trouxa de roupa no chão perguntando é verdade?, o senhor é o Tim Maia mesmo?, aquele da televisão?, ela que achava que o Tim já tivesse morrido, e o Tim respondeu sou eu mesmo, senhora, podes crer. Falou que tinha ido lá para comer um bolo de cenoura que diziam que era uma beleza, que tinha rodado e rodado e não achava um puto de um bolo que valesse a viagem, que ele tinha saído do Méier só para isso.

Ela estava sem cenoura em casa, mas mandou buscar, e o Tim foi tirar um cochilo. Assim que misturados os ingredientes todos, obedecendo à ordem e cada um na sua proporção, minha avó pôs o bolo para assar. Um grupo de vizinhos e chegados vinha se formando do lado de fora e minha avó determinou que eles teriam o tempo de bolo no forno se quisessem ver o Tim, de passagem, a vassoura ia cantar na cabeça do malandro que desrespeitasse o prazo. Uma fila indiana foi organizada de maneira que todos puderam passar pelo quarto que ficava entre a sala e a cozinha da casa que mais parecia um corredor, em silêncio para não perturbar o Tim.

Acabou que ele acordou na hora certa, despertou sozinho, sentou-se na cama, e já estava uma vasilha com um pedaço bonito de bolo amornando numa banquetinha, ao alcance da mão. Ele comeu esse e mais cinco bons pedaços, o bolo inteirinho, depois disso agradeceu, perguntou como é mesmo o seu nome, senhora?, e disse dona Creusinha, esse bolo de cenoura é o melhor que existe, o melhor que já fizeram.

Então o Tim entrou no Opala dirigido por meu tio Olavinho, e voltaram para o Méier.

# 14

Eu tenho medo de esquecer das coisas.

Às vezes acordo e não lembro das regras de regência verbal, de concordância, não lembro das normas do acordo de 2009, das leis da pontuação, fico sem saber se o certo é colocar um hífen entre termos se eles são da mesma classe, se determinada palavra se escreve com "s" ou com "z".

Anoto tudo no bloco de notas do meu celular. A hora em que ouvi um ruído saindo da caixa de luz do condomínio, de onde não devia estar saindo barulho nenhum, anoto onde batem as saias do uniforme das jovens espremidas no trem, se essas saias estão pelos joelhos ou mais pelo meio das coxas, faço anotações para que as coisas não se percam. E imprimo tudo no final do dia. Porque celular pode dar pane, pode ser que as informações todas ali se percam, dados dos aplicativos, vídeos, fotos, calendário.

Não posso confiar nos aparelhos eletrônicos, não dá para acreditar em nada. Como o caso das Coreias, coisa armada de hacker, mentira, vazamento pela deep web, certos dados sigilosos da Coreia do Sul circulando na Coreia do Norte, e vice-versa, segredos da do Norte circulando na do Sul, o que vai acabar, com certeza, dando em guerra.

Não dá para confiar na tecnologia. E nem na memória.

Então anoto tudo que passa por mim durante o dia, e de noite imprimo todos esses comentários, só para garantir.

Registro tudo para que nada se perca, para que as coisas não escapem de uma ordem natural em que elas têm que se encaixar.

# 15

Dessa você vai gostar, Rotapê. Vai achar engraçada.

Você que tem a ver com essa coisa de acidente aeronáutico, com isso de aviões que somem e de corpos que desaparecem, com esses episódios em que poucos, muito poucos, são capazes de cravar o que de fato aconteceu.

Você deve se lembrar do Ulysses Guimarães. Um dia, ele sumiu.

Teve uma pane qualquer na aeronave em que ele estava, e a esposa estava junto, e um senador, e a esposa desse senador, e o piloto, teve uma pane e todos eles caíram no mar.

Acredita que nunca encontraram o seu corpo?

Os corpos dos outros, sim. Mas o dele, nunca.

E teve mais, o Eduardo Campos, o Teori Zavascki, todos eles desaparecidos em voo.

E teve o Lula.

Ano passado, o Lula recebeu voz de prisão. E isso, nos dias de hoje, pode acreditar que é um fenômeno extraordinário.

Antes, se entocou na sede do sindicato lá deles, em São Bernardo, e desse prédio não saía. Uns militantes do lado de fora faziam barreira impedindo qualquer um de entrar — uma barreira impedindo o trabalho da Justiça —, mas chegou uma hora em que o Lula saiu, depois de um dia inteiro escondido, depois de muitas horas de negociação com a Polícia Federal, depois de uma cerimônia religiosa, de um comício introduzido pelas palavras de ordem de sempre e pela apresentação da lista interminável dos correligionários de sempre. Depois de muito tempo de esgotado o prazo do juiz para que ele se entregasse, chegou uma hora em que o Lula fez sinal para a sua turma abrir caminho, e finalmente foi detido.

Dali, a sequência natural de procedimentos: IML, para o exame de corpo de delito, depois aeroporto, para embarcar no avião da polícia, depois a decolagem do avião, para cumprir o plano de voo até chegar em Curitiba, depois nada.

Logo antes de a aeronave aterrissar no Afonso Pena, assim que o piloto entrou em contato com a torre dizendo que o equipamento estava cem por cento ok, que o tempo estava bom, que ele estava para baixar o trem de pouso, que o Lula passou toda a viagem cochilando, assim que responderam da torre que eles não estavam vendo nada, que tudo estava ok pelos radares mas o avião não estava sendo visto, e o piloto respondeu não é possível, eu posso ver vocês perfeitamente, vocês não conseguem nos ver?, assim que houve esse contato, apagou tudo. E não houve mais contato nenhum. O avião da polícia ficou mudo, e o pessoal na torre chamando o piloto, perguntando se ele tinha algum problema, e o piloto mudo. Às dezenove horas e cinquenta e dois minutos, horário de Brasília, quando o avião da Polícia Federal trazendo esse ex-presidente deveria pousar na pista do aeroporto Afonso Pena, nessa hora exata, o avião sumiu.

E nunca mais se disse nada sobre o assunto. Nunca mais se divulgou nadinha.

# 16

E lá no seu país, meu amigo, quer saber como as coisas estão?

Pois eu digo que está tudo a mesma merda.

Não, não: agora conseguiram que ficou pior.

Depois de um muro que fizeram por lá, isolando a fronteira com os Estados Unidos, aí que foi tudo de vez para o vinagre.

As pessoas de lá botam fé na existência de fantasmas, elas acreditam em milagres, em naves espaciais, acreditam em santos. E isso é parte do problema. (Uma parte mais ou menos importante, que até daria para administrar — os daqui também são desse jeito.)

Só que a merda mesmo, Rotapê, a merda de verdade são aqueles governantes. Aqueles partidos com nomes democratas, com siglas revolucionárias, ambições institucionais, que só fizeram produzir uma cultura política amparada na corrupção, na demagogia, na cooptação, na fraude e num monte de et ceteras.

Os líderes que surgem com um discurso populista têm a mesma cara, os mesmos interesses, se revezam pendurados no poder. São tudo a mesma merda. E o povo se entupindo de tequila, tapeiam a barriga com tortilhas rechcadas (a Cidade do México deve ser a capital-mundial-sem-cachorros-de-rua) enquanto assistem aos políticos pela tevê.

Sabe o que sempre faltou para vocês, Rotapê?

Ordem.

Se vocês vivessem num lugar normal, se o seu país fosse um país normal, lá teria ordem.

Uma intervenção trazendo essa que é a base de todas as coisas — aquilo que equilibra tudo — seria muito bem-vinda.

Você veja a Inglaterra: exemplo de estabilidade política, certo? Potência econômica, militar. Pois bem, o príncipe Harry, aquele caçula da Diana com o Charles, o que vivia na esbórnia fumando maconha e bebendo, o de umas fotos pelado num cassino em Las Vegas, que teve que pedir desculpas à comunidade do Paquistão por sacanear publicamente uns colegas de farda por usarem turbante, o príncipe Harry fez dessas e ainda pior: ele cismou de se casar com uma afrodescendente.

Uma atriz, divorciada, americana, feminista feroz, e nem por isso a família real balançou. Pelo contrário, a tradição da monarquia segue em alta, a realeza nunca foi tão popular. Os ingleses idolatram sua rainha, as pesquisas dizem isso o tempo todo, e a rainha é uma velhota sábia, por isso abençoou o casamento, por isso aceitou essa esposa do neto, ela sabe que a verdade é a seguinte: você pode até ser preto, desde que se pareça o mínimo possível com um. E, convenhamos, fisicamente essa princesa de preta não tem nada.

# 17

Tem uma minissérie produzida pela BBC que eu vejo sempre, o nome é *River*. São seis episódios apenas. Desde a estreia, eu faço maratonas pelo menos uma vez por ano. Engato uma sequência, um capítulo emendado no outro.

O John River é um cara que fala sozinho.

É um detetive sueco que trabalha na polícia de Londres, na divisão de homicídios ordinários, e ele tem uma parceira, a Stevie, e juntos eles investigam as causas e procuram os culpados e analisam as implicações relacionadas à morte da própria Stevie.

Acho engraçado isso.

# 18

Outro dia, faz duas semanas, no início da noite, um caminhão dos bombeiros chegou na calçada aqui do condomínio com a sirene ligada, e junto vieram três carros menores, também dos bombeiros, e dessas viaturas saíram soldados equipados que correram para dentro do prédio. Eles foram chamados para atender uma vizinha que havia se jogado da janela.

Segundo o que ainda circula no grupo que os condôminos mantêm no WhatsApp, a vizinha do 1708, moça nova, adolescente, viagem marcada para pular o Carnaval em Salvador, sempre circulando pelas áreas comuns do condomínio, sempre com uniforme de escola, bermuda colante, blusa branca com o escudo na altura do peito, recém-aprovada no Enem para a Federal, que tinha acabado de chegar do mercado com as compras, com a mãe, às vezes o volume do som no apartamento um pouco alto, a mãe muito querida de todos, chegaram do mercado e a filha foi direto para o quarto, e a mãe guardando as compras, a filha talvez deprimida, talvez entupida de droga, a cara cheia, de repente tomou pé do namorado, ou namorada, talvez bullying, talvez bate-boca com a mãe, dois segundinhos olhando o movimento lá embaixo, mas pode ter sido acidente, escorregou na tentativa de alcançar qualquer coisa, tropeçou sem querer, a mãe pode ter dado um empurrão de brincadeira, pode não ter sido nada.

O pátio interno do prédio no dia seguinte já não estava interditado. Não teve informativo pregado no quadro de avisos, no elevador, não teve velório nem missa. Parece que a mãe está viajando. Os perfis da menina no Instagram, no Facebook, ainda estão ativos; vira e mexe postam fotos, compartilham eventos. Pode não ter sido nada.

# 19

Quem acessar o site do WhatsApp vai descobrir que esse aplicativo é simples e seguro, ferramenta essencial para troca de mensagens instantâneas com absoluta confiança, troca de mensagens e fazer chamadas de um jeito seguro, um jeito simples, e totalmente gratuito. Um aplicativo disponível para aparelhos ao redor do mundo inteiro, mais de um bilhão de pessoas utilizam seus serviços.

Vai descobrir que ele possui um dispositivo avançadíssimo de criptografia, de maneira que as suas mensagens, e as suas chamadas, e os seus vídeos estarão seguros e somente você e a pessoa com quem você está se comunicando poderão lê-las, e ouvi-las, e vê-los, ninguém mais conseguirá, nem mesmo a própria equipe do WhatsApp, eles garantem. Isso é o que você vai descobrir no site deles.

Outro recurso que eles destacam é aquele que permite as conversas em grupo. Eles estimulam o usuário a se manter em contato com pessoas especiais em sua vida. Pessoas especiais que compartilham entre si momentos importantes, impressões sobre qualquer assunto, fotos, dados, compartilha-se de tudo.

Um grupo aqui do prédio, o grupo de que eu participo, tem oficialmente duzentos e cinquenta e seis membros ativos. A administração mantém pelo menos três grupos-base: o grupo Moradores Condomínio 1, o Moradores Condomínio 2 e o Condomínio Funcionários e Fornecedores.

Quem administra esses grupos é o síndico, e a participação em cada um deles se dá mediante critérios determinados. Cada apartamento é obrigado a ter o seu representante, e há que se considerar nesse caso que o prédio tem apenas duzentos e dezesseis apartamentos, dezoito andares com doze apartamentos cada, então bastaria um único grupo e todos estaríamos devidamente representados, o site do WhatsApp garante que suporta justamente duzentas e cinquenta e seis pessoas se comunicando ao mesmo tempo, portanto no aplicativo ainda sobraria espaço para quarenta.

Então sucede que uma quantidade significativa de apartamentos elege mais de um representante para participar das discussões condominiais mais urgentes (se é mesmo necessária a troca de um barrilete, ou se todos concordam pelo amor de Deus que já passou da hora de instalar outra câmera de segurança na entrada da garagem, ou se os funcionários cumprem as tarefas da maneira como deveriam, ou se a reforma da fachada do prédio vai mesmo sair pela metade do preço como disse o síndico em promessa de campanha).

E existem grupos clandestinos, uns grupos derivados de outros grupos, criados pelos próprios moradores e que tratam de questões relacionadas à necessidade de montar uma brinquedoteca, e ao horário de funcionamento da piscina, se o diabo do síndico não vê que o guardião fecha a piscina para o almoço ao meio-dia em ponto, o que é totalmente inadequado, e às festas que acontecem no salão, em que uns adolescentes se agarram descarados, e é homem com homem, mulher com mulher, uma pouca-vergonha.

Grupos que seguem a mesma dinâmica de outros grupos, pode escolher qualquer um que não chega a fazer diferença: os grupos de quem mora pelas redondezas, grupos dos colegas de Turma, do pessoal do trabalho, compartilhando gifs de tetas, correntes de oração em louvor a são Judas Tadeu, memes com a derrota do time seu adversário, desejando boa tarde, família!, mensagens do Dia das Mães, mensagens de áudio avisando as pessoas do golpe mais recente na praça, de um tiroteio na entrada do túnel, da inauguração de um boteco onde antes ficava uma creche, mensagens e fotos e vídeos promovendo o trabalho de um poeta, de um músico, de um ator, comemorando aniversário de criança, postagens solidárias às vítimas de alguma tragédia ocorrida em Cancún, reproduções de reportagens falando de um crime hediondo, de agências de notícias espalhadas pelo mundo divulgando fake news, inventando epidemia transmitida por mosquito apenas para vender vacina, fazendo circular informações sobre as vantagens de ter determinado produto por perto. Tocando o rebanho.

Eu nem tenho certeza, mas acho que tem muita gente que interage com seus grupos por trás de perfis fake.

O sujeito até sente vontade de manter contato com algumas pessoas, mas acha melhor criar um duplo, um falso que dê conta de esculhambar quem quer que se queira esculhambar, de opinar sobre questões que não lhe digam respeito, por isso cria um personagem, um outro que é capaz de falar, ou de silenciar sua presença por horas seguidas, por uma semana, por um ano, assim acompanhando as discussões sem propriamente se mostrar, assistindo aos vídeos, acumulando o conteúdo em seus arquivos pessoais, às vezes sem ao menos ler, ou não, lendo tudo, mas nem sempre comentando abertamente, nem sempre deixando seu like.

O sujeito pode se calar, ficar em silêncio para depois fazer anotações em suas fichas pautadas em papel-cartão, ou usando esse artifício fake para alguma vingança, para plantar discórdia, para difamar, por diversão, para surgir se dizendo o morador do apartamento tal, ou se dizendo o professor fulano, ou o divulgador de não sei quem, para escancarar sua revolta contra aqueles que defendem os direitos dos pretos, dos bichas, das sapatonas, para primeiro oferecer ajuda e logo em seguida externar publicamente o que pensa de verdade a respeito da campanha atrás de um gato que fugiu, descontar nas pessoas do mundo as frustrações que tem na vida.

Um artifício para mandar todas à merda, porque é isso que as pessoas merecem, que vão todas à merda.

## 20

Devo confessar que quando eu disse para você que eu não sinto nada, que nunca senti, temo que essa não seja propriamente uma verdade incontestável.

A verdade é um conceito que costuma ser posto alguns degraus acima da mentira, numa escala de valores, o que é uma bruta burrice.

Se a mentira é a afirmação de algo que se sabe falso, se não contar a verdade é o mesmo que negar conhecimento sobre alguma coisa que é verdadeira, então a intenção é necessariamente enganar, iludir, ludibriar, tem conotação pejorativa nisso aí, um ato imoral. O sujeito que mente traz consigo intenções maliciosas em relação a terceiros, ele tem por objetivo prejudicar a vida de outras pessoas, por vingança, por maldade, a mentira é pecado divino, a mentira é o mal, está associada ao indigno, à figura do pai de todas elas, que é o capeta.

E você sabe, meu amigo, que isso pode não ser bem assim. O mentiroso pode estar perdido, pode ser que ele apenas suspeite, não tenha certeza absoluta, de que aquela informação seja falsa.

A mentira faz parte, ela está presente na vida de todos que desejam um convívio social minimamente razoável. Ela é inofensiva.

Pode nascer de uma dificuldade que o sujeito tenha em lidar com algo que incomode, uma necessidade de se aliviar de uma pressão.

A mentira é ferramenta de consolo.

## 21

Vê se acompanha (é só um exemplo): hoje em dia, se um consumidor deseja adquirir determinado produto, talvez uma boneca chinesa, pode fazer isso com facilidade. E você sabe como são os chineses, os produtos chineses são sempre uma merda, celular produzido na China não presta, aparelho de som, tênis de basquete, mas certas bonecas chinesas costumam ser de alguma serventia. Essas bonecas falam, elas tocam música, são remédio contra a solidão. Até põem para funcionar uma lava-louças, se for esse o desejo do seu dono. Se um funcionário de jaleco, num vídeo de divulgação, pergunta em mandarim para a boneca como é mesmo o seu nome?, a boneca responde eu me chamo Xiaodie, mas você pode me chamar de baby. Se esse funcionário pede toque uma balada bonita pra mim, logo sai por um dos orifícios da boneca uma linda e suave canção.

Portais de notícias dão aspas para o diretor de marketing da empresa fabricante destacando a China tem uma escassez de mulheres, fator que alimenta a demanda de nossos produtos. Esse diretor, numa foto, sentado entre duas bonecas de feições ocidentais e dizendo estou convencido de que a empresa para a qual trabalho pode resolver alguns problemas da sociedade, dizendo as bonecas conseguem manter as conversas mais profundas e ajudar com as tarefas domésticas, e no futuro ainda poderão prestar assistência médica, bonecas que são equipadas com função wi-fi, podem navegar pela internet, ser controladas via telefone celular, são capazes de responder a ordens vocais, bonecas que custam vinte e cinco mil iuanes, que ligam e desligam aparelhos eletrodomésticos conectados, que reproduzem expressões faciais complexas, que têm a capacidade de seguir visualmente o usuário, usuário que pode escolher a altura da boneca, o tamanho dos seios, a cor da pele, dos olhos, do cabelo.

As matérias dão manchete para essa empresa que é líder nesse segmento, um setor que emprega um milhão de pessoas no país e movimenta seis ponto seis bilhões de dólares em volume de negócios. Todo mundo sai ganhando.

Militantes defensoras dos direitos das mulheres também ganham aspas, declarando os homens querem sempre as mesmas coisas de nós, sexo, tarefas domésticas, não nos consideram indivíduos, se todos esses desgraçados comprarem dessas Barbies infernais, nos prestarão um grandessíssimo favor.

É possível adquirir essas bonecas por aqui, a entrega é feita pelos correios.

## 22

E o caso das pretinhas, conseguiu acompanhar?

É, claro que não, mas faço um resumo para você: duas moças vêm tentando entrar para o Instituto Rio Branco, veja só, acreditam que têm condições de algum dia virarem diplomatas.

Elas dizem que são negras, assim se declaram, e o comitê que avalia os perfis dos candidatos que disputam vaga pelo sistema de cotas meio que concorda com elas. Quem discorda é o Ministério Público.

O embaixador que presidia o comitê foi afastado, corre por aí que ele mantinha relações inadequadas com ambas.

Uma delas alega ter mãe quilombola e avó quilombola, ela diz ser filha e neta de mulheres quilombolas kalungas do interior de Goiás. A outra diz que militou no movimento negro, que empregou todas as forças na luta para implantar o sistema de cotas na UnB.

E elas foram aprovadas no Concurso Rio Branco 2018 (esse concurso que é dos mais disputados do país, uma seleção entre os mais aptos a frequentar essa escola de formação de diplomatas que é vinculada ao Ministério das Relações Exteriores, entre os mais qualificados a ingressar numa carreira internacional que oferece remuneração acima de dez mil dólares mensais e auxílio-moradia compatível com a localidade), as pretinhas foram finalmente aprovadas no concurso em que nas edições de 2016 e de 2017 tanto uma quanto outra levaram pau.

Mas nessa edição mais recente elas fizeram a prova, figuraram naquele quadradinho da lista de aprovados destinado apenas aos pretos e aos índios, e estavam para ser nomeadas, estava tudo certo, só que uma disputa na Justiça obrigou o Itamaraty a desmontar o comitê que avaliava quem podia ou não podia concorrer às vagas destinadas aos cotistas. Um novo comitê foi formado e as duas perderam as vagas. Elas, que eram pretas, se tornaram brancas.

A quilombola inclusive havia recebido uma bolsa no valor de trinta mil reais, concedida pelo comitê anterior, só para que pudesse ter as condições perfeitas, a tranquilidade necessária para se preparar para o concurso da maneira como deve ser. Ela que diz que sempre foi reconhecida como negra, que passou a infância ouvindo frases racistas mesmo de familiares, diziam você tem um nariz na senzala, mas até que é bonita. E eu devo concordar, a danada é jeitosinha mesmo.

As duas pretinhas entraram com recurso contra a decisão, e ganharam. Mas ocorreu uma reviravolta: a Onça-Preta, uma ONG que atua para promover a inclusão de negros nas universidades e órgãos públicos, não gostou nadinha dessa decisão tomada na segunda instância. Seu diretor-executivo alegou que houve fraude na distribuição de vagas para cotistas.

A legislação diz que todos os negros — os pardos e os pretos — têm direito a cotas, mas a Onça-Preta entende que existem pardos-pretos, pardos-pardos e ainda pardos-claros, e que estes últimos não devem ter acesso ao benefício. O próprio Onça-Chefe se entendia como branco até seus vinte e três anos de idade, depois passou a declarar-se pardo-claro, e hoje, aos sessenta e tantos, se intitula pardo-pardo.

Por isso a Onça-Preta levou a questão ao Ministério Público, contestando a decisão da Comissão de Revisão de Recursos do Itamaraty, que incluía as pretinhas no concurso como cotistas. E veio com argumentos poderosos, reclamando da composição do comitê. Um comitê cujo presidente era um embaixador tido como negro, talvez o primeiro diplomata negro do Brasil, talvez o único, que orientava beneficiários do Programa de Ação Afirmativa do Rio Branco, um embaixador premiado por associações afro-brasileiras de desenvolvimento sociocultural, ganhador de troféus oferecidos a expoentes da raça negra, autor de livros sobre o combate ao racismo, destaque nas Nações Unidas nesse assunto, um embaixador cujo pai foi porteiro e foi contínuo.

Para o Onça-Chefe, esse embaixador, então presidente desse comitê, não reunia condições morais para decidir sobre o tema. Alegou que não é a sabedoria adquirida na academia ocidental europeia que dá a esse embaixador capacidade para mexer com algo tão sensível. A proximidade desse embaixador com essas candidatas é de outra natureza, uma conduta totalmente inadequada para o cargo que ocupa. O líder da Onça-Preta afirmava ter ainda mais informações a divulgar, se fosse o caso, informações detalhadas que muito contribuiriam para dar mais transparência à instituição. Mas não foi necessário, os promotores concordaram de pronto com as alegações da Onça-Preta, e o concurso foi suspenso.

A seleção só teria continuidade se o comitê fosse efetivamente substituído, e se as pretinhas fossem reprovadas. Pois bem, o comitê foi trocado por outro, agora presidido por uma embaixadora tida como parda-parda, e o embaixador ex-presidente desse comitê tirou licença, e as ex-pretinhas foram mesmo reprovadas no concurso.

Ainda existe um sistema de cotas raciais em vigor para processos seletivos dessa ordem, respeitando critérios bastante específicos. Critérios que contemplam, de preferência, candidatos que apresentam fenótipo visível de pessoa negra. Critérios totalmente apartados de uma discussão de viés ideológico, que respeitam uma espécie de tabela racial regulada em orientação normativa do Ministério da Justiça que diz que a avaliação nesses casos deve considerar os aspectos fenotípicos do candidato, sua aparência física, e que a autodeclaração deve se sobrepor a essa análise apenas quando houver uma dúvida razoável na banca que define quem é negro e quem é branco, apenas em última instância, em casos-limite. Aqueles em que a pretitude seja menos evidente, em que o candidato até tenha ascendência negra, só que não de seu pai ou sua mãe, que seja mestiço ou pardo-claro e não um retinto. É tudo muito simples.

A legislação determina que o que vale em geral é o filtro do olho, pelo qual se percebe claramente se o candidato tem traços de negro, o grau de crespidão do cabelo, a largueza do nariz, a grossura do lábio.

São critérios bastante específicos, observados a partir da verdade dos fatos, por pessoas altamente qualificadas que não medem esforços para ver um país inclusivo.

# 23

Talvez você se lembre do Batista, lá da minha Turma na PREP.

Pois é, outro que morreu.

Ele foi saltar de wingsuit, resolveu saltar mesmo o tempo estando uma bosta, ainda que as condições não fossem nem de longe as ideais, mesmo assim ele foi. O Batista carregou seu traje lá para o alto de uma pedra para saltar, e ninguém subiu com ele, disseram Batista, tá doido?, vai não, cara, deixa pra saltar amanhã. Mas ele foi. E nunca mais apareceu. Não acharam corpo, nem equipamento, nem nada.

Ninguém da Turma acredita, todos dizem mentira que o Batista morreu. Ninguém acredita, mas eu sim. E nem é porque tenha mantido contato com ele por todos esses anos, depois da PREP a gente nunca mais se viu. Ele que jamais colocou sequer uma gota de álcool na boca, ele que nunca fumou, contudo eu consigo sentir que o Batista morreu sim, meu amigo, acredite.

# 24

Agora eu dei de usar como cinzeiros estes potes de sorvete. Compro um litro de sorvete vagabundo, de qualquer sabor, não me interessa, o que vale é o pote.

É que antes eu me angustiava demais me desfazendo toda hora das cinzas e das guimbas. Esse lixo todo produzido a cada vez que eu fumo faz parte de mim, compreende?

Com caneta hidrocor eu marco na parte de fora o número correspondente ao cinzeiro da vez. Se estou em casa, como agora, é assim: termino de fumar e apago a guimba num copo com água, que está sempre à mão. Esses potes são de plástico, derretem com facilidade e podem causar um tremendo acidente, têm potencial para tocar fogo neste prédio inteiro. Então vou fumando os cigarros, e vou depositando as cinzas no pote da vez, e quando termino de fumar apago a guimba no copinho com água, jogo a guimba no pote, e vou rápido lavar minhas mãos.

Mas se estou na rua é diferente: eu tenho uma pochete de couro só para isso, sempre com um frasco de álcool em gel no bolso externo. Eu vou juntando as cinzas e as guimbas na pochete e quem me vê fazendo isso deve imaginar que eu tenha alguma consciência ambiental, que eu contribua para a limpeza urbana, para o convívio salutar em sociedade. Assim que chego em casa, esvazio o conteúdo da pochete no pote da vez.

Tem um terreno baldio aqui perto onde enterro os meus potes lotados de cinzas e guimbas, e nesses momentos eu faço uma breve oração.

# 25

Aqui em casa tem muita formiga, é uma tendência.

Eu persigo suas caravanas pela sala, suas filas indianas no banheiro, porque essas pragas transmitem doenças, trazem mais bactérias e vírus e fungos que as baratas, elas causam infecções intestinais, e infecções respiratórias, e infecções de pele, são causadoras de gripe, tuberculose, alergias, intoxicações, vômitos, diarreias, verminoses, problemas psicológicos.

Elas pisam no lixo, no mijo e no cocô da rua, nos animais em decomposição, elas pisam no esgoto com as mesmas patinhas que pisam na minha comida, nos farelos e migalhas da minha despensa, na roupa das minhas gavetas, na fronha do meu travesseiro.

Contra elas, utilizo vários tipos de veneno: uma espécie de giz inseticida, uma preparação em pó que paralisa seus músculos todos, uso sprays, aerossóis, géis, emulsões, substâncias pastosas.

Esses demônios não toleram cheiro de salsinha verde, nem de folhas de louro, nem de absinto ou de hortelã selvagem, o cheiro de cebola, de alho, de limão, de cravo picante.

Costumo lambuzar com óleo vegetal as bordas dos pratos e recipientes de alimentos, e espalho pires pela casa com uma massa à base de levedura misturada com mel, e espalho também umas bolinhas de batata que eu chamo de iscas (um pacote de dez gramas de ácido bórico, três ovos e três batatas médias; com as batatas cozidas e as gemas preparo um mingau, depois adiciono o ácido junto com um punhado de açúcar, então misturo tudo enrolando em bolinhas).

# 26

Tenho lido bastante por aí, Rotapê, sobre as inúmeras vantagens do processo de cremação de corpos, se comparado ao modelo tradicional de sepultamento.

A população não para de crescer, o número de óbitos também, e um cemitério é muito parecido com um aterro sanitário, só que pior: a pessoa que é enterrada leva junto as bactérias e os vírus que causaram sua morte, põe em risco a natureza, a saúde dos ainda vivos, impede um desenvolvimento sustentável.

A decomposição de um cadáver provoca necessariamente emissão de gases e gera um chorume que contém substâncias altamente tóxicas, a putrescina, a cadaverina, a chuva se infiltra pelas sepulturas e leva essas substâncias ao lençol freático, às águas subterrâneas que abastecem seu entorno, e contamina essas águas por anos, atinge quilômetros de distância, produz efeitos nocivos à população, espalha por aí uma série interminável de doenças infectocontagiosas.

Nada disso acontece com a cremação, um processo de queima do corpo em alta temperatura, reduzindo esse corpo a cinzas. É realizada utilizando-se equipamento de alta tecnologia, projetado exclusivamente para esse fim. Os fornos crematórios atingem a temperatura de mil e duzentos graus célsius, sem prejuízo algum para o meio ambiente. É um procedimento muito simples, no máximo em duas horas são feitas as homenagens fúnebres, se for o caso de o finado merecê-las: as cinzas são acondicionadas num pote, numa urna-padrão (ou outra escolhida previamente, entre várias opções: madeira, mármore, granito, porcelana).

Os restos podem ser levados para casa ou ser espalhados em locais específicos (segundo orientações também previamente acordadas com o próprio agora falecido, ou com alguém da família desse falecido, ou com algum amigo, e para isso deve-se considerar que o morto tenha família ou amigos dispostos a cumprir esse seu último desejo).

A Santa Casa de Misericórdia tem um site que é muito bonito. Traz na abertura a imagem de um lago rodeado de montanhas, depois a de uma pomba branca em pleno voo, a de uma floresta, funcionários sorriem, dois homens e duas mulheres, um capitão joga as cinzas de alguém no oceano. Ouve-se ao fundo um som de harpa e pode-se escolher a urna mais apropriada, e é possível consultar os valores dos planos, eles deixam dividir em sessenta parcelas iguais, e dá para saber que eles funcionam em regime vinte e quatro horas, atendem hospitais e domicílios em até trinta minutos, estão disponíveis três números para contato, dois fixos e um celular. Ligando para esses telefones, você vai descobrir que é mesmo muito simples acionar a equipe de plantão em caso de necessidade.

# 27

Li que o Mario Balotelli anda prestando apoio ao governo italiano na questão dos frangos.

Esse jogador de futebol acha que tem condições de opinar sobre assuntos de Estado, acha certo que os italianos cobrem essa taxa extra de trinta por cento sobre o frango brasileiro. Agora o frango do Brasil, para entrar na Itália, precisa pagar esse imposto alfandegário, e eles dizem que não é por nada, que eles nada têm contra nós, brasileiros, mas que é por questão de justiça que eles agem assim.

Começou com os chineses dizendo que não era justo que o frango brasileiro entrasse em seu país com um preço mais em conta, disseram que era dumping nosso, estratégia de mercado para foder com o produtor local. Mas eu digo que é protecionismo deles, os chinas que não sabem produzir uma carne decente e então vão rastejando até seu governante para pedir arrego.

O Brasil exporta frango para todos os países do mundo, é um frango excelente, uma carne de primeira, somos os líderes no segmento, então de repente me aparecem com essas medidas, os chinas dizendo que a carne do Brasil é muito boa e coisa e tal mas para eles não serve, e agora a Itália, e daqui a pouco a União Europeia também adotando a medida, e o México, e o Japão.

Fui dar uma fuçada no Twitter desse Mario Balotelli (um encrenqueiro, um cara que até nasceu na Itália, no entanto se percebe facilmente que veio de outro lugar, ele que tem mais de três milhões e oitocentos seguidores, que é revoltado com seus pais biológicos, que está sempre nas revistas com uma loura sentada em cada perna), o Balotelli tuita sobre tudo, ele é ativo nas redes, a última foi sobre matéria do *El País* com a manchete: Encontrado cadáver de idosa, de quem ninguém sentiu falta, após quatro anos.

Em Valência, na Espanha, um morador, limpando o pátio que dá para a janela dos fundos da casa onde a velha morava, estranhou ao perceber que ainda não haviam recolhido umas roupas que pareciam estar penduradas no varal fazia anos, então foi olhar mais de perto, e chegando mais perto viu também duas pernas estendidas no chão da cozinha, então foi chamar os bombeiros, que arrombaram a porta da casa e confirmaram a presença do corpo.

(E não tiveram sucesso nas tentativas de localização de nenhum de seus familiares.

Uma vizinha que não quis se identificar — outra que mora nesse bairro de cortiços, de pátios estreitos, de pontos de venda de drogas, um bairro no centro da cidade onde, quando encontram uma porta quebrada numa casa vazia, logo invadem, um bairro onde a prefeitura tem planos de desocupação, planos de demolição de mais de mil dessas casas para abrir uma grande avenida até o mar — achava que a coroa nem vivia mais naquela casa, disse que ela quase não saía, que era sempre sozinha, só de vez em quando punha seu nariz na janela e resmungava qualquer coisa.)

As janelas e as portas estavam fechadas, o que pode ter contribuído para a secagem do cadáver sem passar pelo processo natural de putrefação.

O cadáver da mulher nascida em Gana, seus documentos dizem isto: que ela nasceu em 1944, na cidade de Acra, a capital de Gana, na África.

Não constataram sinais de violência, nem no corpo nem na casa, e não mencionaram no atestado se havia cheiro forte no local.

# 28

Engraçado que as pessoas do Brasil têm a mania de tentar enfrentar os seus problemas da mesma maneira que as pessoas de fora.

Basta aparecer um vídeo com um gringo retinto de pistola na mão, um preto fazendo careta e dançando, um rapper dando tiro de fuzil em qualquer coisa que se mexa, basta isso para que um vídeo como esse viralize na internet.

Isso é bobagem.

Para começar, aqui não tem racismo. Os negros de fora ainda têm a desculpa do apartheid, da Ku Klux Klan, mas os daqui?

Toda hora tem debate racial pelas redes. São postagens, comentários criticando a escolha de uma atriz preta de menos para viver no teatro uma sambista parda-parda, criticando letra de marchinha sobre não sei quem que tem cabelo ruim, torcidas em jogos universitários que atiram bananas para o lado de lá de uma quadra de vôlei. Todo mundo vira especialista em colorismo. Exigem respeito a um pensamento pigmentocrático, regulando quem tem mais e quem tem menos melanina encravada na pele. É uma disputa dos pretos mais pretos contra os pretos menos, umas bobagens.

# 29

Está com fome, Rotapê?

Eu prefiro não encher a barriga enquanto estou bebendo — e vou seguir bebendo —, mas se você quiser, a gente pode ir até a Casa Verde para comer, ainda dá tempo de pegar o almoço que eles oferecem de domingo a domingo.

É fácil de chegar, basta entrar no metrô da Carioca e ir até o Flamengo, são cinco estações, o endereço é Jornalista Orlando Dantas, casa 7, Botafogo.

Botafogo, percebeu?

O bairro é Botafogo, só que a estação mais próxima é a do Flamengo.

Eu gosto do almoço de lá.

(Geralmente é um contrafilé grelhado com arroz, feijão, ovo frito e batata frita.

Geralmente, não. O cardápio é sempre esse.

Mas não enjoa, e eles cobram baratinho.)

Houve um tempo em que eu frequentava bastante, eu comia por lá. Cheguei mesmo a dormir por lá.

Eu até tentava participar de umas atividades que eles gostam de propor, mas isso ficou no passado.

Hoje em dia eu só vou de vez em quando, para almoçar.

A Jornalista Orlando Dantas é uma ruazinha paralela à principal, fica escondida atrás de uns edifícios que são sedes de empresas, ela dá para os fundos de um supermercado, e tem umas calçadas quebradas, e umas casas antigas, a própria Casa Verde é um verdadeiro mausoléu despencando.

E essas calçadas, e os muros dessas casas, estão até hoje pintados de verde e amarelo. Só ir lá para conferir. E se você for mesmo lá para conferir, vai notar os muros e as calçadas e o asfalto, e aposto que dentro das casas, ainda hoje, em pleno fevereiro, vai notar tudo isso enfeitado para a Copa do Mundo.

Em verde e amarelo. Com pinturas das caricaturas dos jogadores da Seleção, com desenhos do mascote russo para tudo que é lado, um lobo da Sibéria escancarando as presas num sorriso para os passantes.

Estive ontem no salão da Casa Verde e pude ver: uns enfeites de Carnaval, confetes, serpentinas pelo chão, uns cartazes pendurados com máscaras de pierrô, de colombina, e, ainda hoje, uns enfeites de Copa. Uma bandeira enorme do Brasil. Assim como nas outras casas da rua, todas elas ostentando na fachada bandeiras enormes do Brasil.

# 30

E eu que quase me esqueci, Rotapê: hoje eu não saio de casa para nada.

Portanto, se quiser, que vá sozinho.

Vai, pode ir.

Mas, antes, me responde: por quê?

Me aparece assim, do nada, e espera que eu dê conta de tudo?

Que eu faça um resumo de todas as coisas (nesses trinta anos)?

Pois bem, meu caro Rota, o que tenho a dizer é o seguinte: hoje é meu aniversário de quarenta e cinco, e você sabe muito bem o que isso quer dizer.

Sabe tão bem quanto eu.

Pode ser que eu tenha câncer.

Pode ser que um belo dia eu acorde e descubra um tumor do tamanho de um pêssego em calda encravado no meio da minha cabeça.

No lado direito, no esquerdo, eu não sei.

Pode ser que o gato ache boa ideia subir no telhado.

E nem adianta resmungar se eu estiver falando alto, dizer que estou gritando. Acho engraçado isso.

E se eu disser que não fiz nada?

Que nesses trinta anos não me aconteceu porra nenhuma, você vai acreditar?

Antes, até.

Que eu nunca fiz nada, não falei nada, não senti porra nenhuma nesta vida, você vai acreditar?

Se fizessem uma enquete aqui no prédio, ia dar na cabeça, todo mundo sabe: o cara do 1112?, esse cara já morreu, né não?, então tá quase, volta lá pra ver o pulso dele, confere direitinho pra tu ver, esse cara já morreu faz tempo, aqui no condomínio todo mundo sabe que ele já morreu.

Jorge Ferreira

## 31

Pode ter sido assim: esse cara dormindo pesado (são quatro da manhã de uma segunda-feira, a Creusinha gira a tramela da porta da sala e sai, pois seu marido ainda não chegou — o movimento no Grito da Mocidade é nenhum, não se vê luz acesa, não se ouve som, já faz um tempo —, Jorge pega às cinco na Leopoldina, então Creusinha respira e finalmente começa a descer a ladeira para verificar o que terá acontecido, decerto algum problema grave, porque assim que termina a função, assim que acaba o baile, Jorge bota para correr algum frequentador que por acaso insista em seguir pela bancada do bar, em seguida ele guarda a baqueta e o bumbo, desliga e coloca a vitrola e os discos no armário do quartinho que ele gosta de chamar de camarim, que fica escondido atrás do palco, não chega a varrer nada ou lavar nada porque a esposa se encarrega disso numa outra hora, mas apaga tudo, e fecha as janelas e as portas do Grito e depois vem subindo a ladeira, é sempre assim, a Creusinha lá de cima acompanhando seu trajeto, porém como hoje ele não vinha ela respirou e decidiu descer a rua para checar o que teria acontecido, passa então pelo portão do cemitério, depois pelas meninas da Madame Conceição, pelas oficinas da ferroviária, para chegar ao comecinho da ladeira, na esquina com a avenida Alberto Braune, a Creusinha em seu passo de grávida levou quase quinze minutos para fazer o percurso porta a porta até o Grito), esse cara dormindo pesado, ao lado de uma preta jeitosa, dormindo mais pesado que ele, esse cara é meu avô.

\*\*\*

A Creusinha de pé bem na frente dos dois, pensando numa forma de acordar o marido e numa forma de acordar a moça que estava enroscada em suas pernas.

Primeiro o marido, numa chacoalhada mais ou menos brusca, melhor não, então sussurrando seu nome, depois um bocadinho mais alto, se ajoelhando e puxando de leve a coberta xadrez sobre os corpos no chão, afastando com cuidado o braço esquerdo da mulher, que está sobre o pescoço de Jorge, calibrando o lampião a querosene para ter uma visão melhor da cena, considerando a possibilidade de jogar um tantinho de água bem na cara do sujeito, melhor não, até porque não tem nenhuma água por aqui, apenas algumas garrafas com restos de vinho e restos de cachaça, e a Creusinha não sabe se jogar vinho ou cachaça na cara de alguém surte o efeito desejado, ou se piora.

O cara acorda com o ronco saindo pela boca da preta que segue dormindo, agora meio que por cima dele. Acorda e não acorda, ou acorda e não parece despertar, tanto que ele olha para a Creusinha mas é como se não olhasse, faz que vai virar para o lado e voltar a dormir, por uns segundos só, para logo depois saltar de banda, se enrolar na coberta xadrez apontando para a preta e gaguejando Creusinha do céu!, essa uma aí, quem é?, responde, Creusinha, responde de uma vez!, quem é essa piranha, essa piranha pelada aí no chão?, mas que diabos, mas que falta de respeito!, é que eu não faço ideia, não faço ideia, se eu pego o gaiato que me veio com essa eu lhe arrebento as fuças!, anda, anda, Creusinha, que estou esperando, me dá logo alguma explicação!, o Grito, o Grito da Mocidade é lugar de decência, concorda?, eu não admito, não admito de jeito nenhum sem-vergonhice nesta casa, se eu pego o gaiato, minha Nossa Senhora, tá me dando até palpitação!

# 32

Aqui, em Friburgo, existe esse Grito da Mocidade.

Um bar que é armazém, e que é salão de baile (uma espécie de dancing), e que é casa de espetáculos, e que é sede de torcida organizada do Esperança Futebol Clube, e que é ginásio de boxe, e que é templo onde acontecem às segundas (chova pau ou chova pedra) as sessões da Irmandade Espiritualista Cavaleiros do Fogo, e que é local onde acontecem toda quarta (em regime secreto) as reuniões do Sindicato dos Ferroviários Friburguenses, e que é barracão do Unidos da Saudade (um bloco de embalo que já foi rancho e que já foi cordão).

Um lugar frequentado somente por pessoas negras.

Um lugar onde os pretos da cidade chamada oficialmente de Nova Friburgo (em homenagem a Fribourg, uma vila medieval à beira do rio Sarine, na Suíça, e justo por isso a cidade é conhecida como uma Suíça brasileira, uma Suíça à nossa moda, aquela em que, até outro dia, metade da população era composta de negros trabalhando como escravos para a outra metade), lugar onde esses pretos se reúnem para beber, para festejar, para discutir assuntos de interesse da comunidade, para qualquer coisa.

O marido da Creusinha resolveu fundar e, ainda hoje, toca o Grito movido por uma teimosia absoluta. Faz uns anos, Jorge deu de criar esse espaço sem levar em consideração as muitas horas diárias que precisa dedicar à função de maquinista-foguista na The Leopoldina Railway Company Limited, sem pensar nos cuidados com a mãe já cansada de guerra (minha bisavó Catirina ainda era viva), sem trazer na cabeça que um pai tem que dar atenção a seu filho que hoje está com cinco anos, meu tio Olavinho, sem ver que a esposa, Creusinha, está que é um balão de tão grávida, que ela, além de cuidar do menino Olavinho, que nem é filho dela de verdade já que veio junto com o marido viúvo do primeiro casamento, ela arruma a casa que é porão e três cômodos e que por dentro mais parece um corredor, e faz uma faxina por dia no Grito, esse lugar que não coloca sequer um centavo como ajuda com as despesas domésticas — pelo contrário —, e lava roupa para fora, e passa a ferro as calças, as camisas, os vestidos e os casacos pesados da elite friburguense. (Friburgo é conhecida por muitos como a cidade mais salubre do Brasil, muitos são os casos de gente da alta, gente rica que costuma vir para cá para cuidar da saúde, membros das melhores famílias do Rio de Janeiro, de outros lugares também, gente que vem para Friburgo para passar cinco meses, seis meses, sobretudo de novembro a maio, quando as epidemias de febre amarela provocam centenas de mortes só na capital, essas pessoas vêm usufruir do poder curativo do clima e das águas daqui. Portanto o que não falta para a Creusinha, minha avó, é trabalho.)

# 33

Meu avô nem passa em casa. Veste suas roupas de ontem, o chapéu, coloca na bolsa a marmita enrolada num pano, que a Creusinha trouxe, e está prestes a correr para ver se ainda pega o bonde que a essa hora deve estar passando pela Alberto Braune, cheio até a tampa só com os funcionários da fábrica Ypu. Mas vai perder o bonde, se atrasa porque hoje ele dormiu no Grito e não em casa com a esposa e com o filho. Ele está prestes a correr, mas antes se vira para a Creusinha e gagueja Creusinha, onde é que está meu filho?, cadê, cadê meu filho, mulher?, tu teve coragem, tu teve coragem de largar a criança sozinha?

E dá três tabefes na mulher. Um com a mão direita e dois com a esquerda, seu braço bom, e manda a minha avó Creusinha ir depressa para casa, que ela arrume mais ou menos aquela bagunça no Grito, que ela jogue fora todo lixo produzido nessa noite anterior e depois volte ligeiro para casa para cuidar do menino Olavinho.

Perdido o bonde, ele vai ter que correr. Correr de verdade para cobrir de ponta a ponta a Alberto Braune: da porta do Grito, na rua do meretrício, até o fim da praça, onde fica a estação. Correr de verdade, e a sorte é que ainda está cedo, ainda não tem muita gente na rua, porque seria realmente estranho cruzar com um crioulão como ele correndo. As pessoas poderiam se assustar.

# 34

Jorge só admite a entrada de negros, e negras, no Grito, mas existem exceções. Se o branco for da alta, filho das melhores famílias de Nova Friburgo, aí está tudo certo, aí pode sim frequentar o local tranquilamente. Às vezes aparece um. Falo dos Braune, dos Sertã, dos Salusse, dos Heringer, dos Schwenck, dos Monnerat, aí não tem problema. Esses filhos das melhores famílias, e o tenente Durval.

Dizem por aqui, e Jorge, meu avô, estufa o peito de estourar de orgulho sempre que ele ouve essa história, dizem por aqui que certa vez o tenente Durval, um delegado nortista que veio para cá nomeado pelo presidente Vargas para manter a ordem na cidade, sujeito perverso, outro que é metido a valente, famoso por andar com três revólveres na cinta, sempre acompanhado de dois guardas igualmente armados, um camarada brigão, que o povo respeita, que o povo sai da frente toda vez que ele resolve passar, pois bem, dizem por aqui que certa vez, foi num domingo, que vinha o tenente Durval pela praça Marcílio quando deu pela frente com Jorge.

É que teve clássico: o Esperança ganhou do Friburgo de um a zero, gol de Benedito, ponta-esquerda driblador, um pretinho que usa o drible muito bem, justamente para atacar pela fresta deixada entre dois marcadores, já no finalzinho da partida. E Jorge estava na Marcílio Dias celebrando a vitória, e parecia bêbado, ainda que ele jure de pés juntos que nunca na vida colocou uma gota de álcool na boca.

E o tenente Durval resolveu interferir, disse que marmota é essa, seu cabra? E Jorge não deu atenção, seguiu dando porradas no seu bumbo. Não chegaram nem a discutir (Jorge gosta de dizer que não é homem de ficar discutindo com ninguém, mas há quem diga na boca miúda que ele até tentou argumentar, há quem diga que foi a gagueira que impediu), não chegaram nem a discutir porque o tenente Durval e seus capangas foram logo baixando o cacete, e Jorge precisou se defender. Bateu nos três (não se sabe exatamente de que forma conseguiu, pois as pessoas em volta entenderam por bem se esconder, com medo que sobrasse tiro, portanto não havia testemunhas), bateu tanto que os mantenedores da ordem acabaram internados lá no Sanatório.

Dias depois, o tenente Durval procurou Jorge, no Grito. Dizendo cabra-macho que nem tu eu nunca vi. E apertando a mão de Jorge com firmeza. E, em seguida, tu não larga desse bumbo quase nunca, não é certo?, então passe ele pra cá que eu vou lhe dar um presente. E escreveu na cinta de couro do bumbo o portador deste instrumento é o valoroso Jorge Ferreira, que é meu amigo, e como tal não deve ser importunado por ninguém, em nenhuma circunstância, assinado Tenente Durval.

O episódio já faz alguns anos, e a cinta de couro do bumbo está toda surrada, mas dá para ver que tem alguma coisa escrita ali, e pode muito bem ser mais ou menos isso mesmo.

# 35

Jorge chega bem atrasado para o trabalho na estação, e funcionário que chega atrasado toma advertência e paga multa, é descontado de metade do salário ao fim do mês.

(Não precisa fazer muita conta para saber que isso vai dar problema, agora que botou na cabeça de levar sua peça para ser encenada no Theatro Leal.

*O filho maldito*: espetáculo escrito, produzido, dirigido e protagonizado pelo próprio Jorge, uma peça a que os frequentadores do Grito assistiram tantas vezes que até já decoraram as falas, inclusive com as pausas de gago.

Há quem duvide que um cara da arraia-miúda como ele tenha conseguido mesmo essa fresta de se apresentar no palco do Theatro Leal, há quem duvide, mas quem duvida toma a precaução de falar meio baixo.

E ainda tem o valor do aluguel, que Jorge vem falando para quem tem ouvidos para ouvir que cobraram, só dele, um tanto acima do valor praticado usualmente, mas garante que existe de fato a promessa dessa locação, e garante que muda de nome antes de quebrar o acordo de botar nota em cima de nota na mão do administrador até, no máximo, um dia antes da apresentação.)

Os colegas de trabalho na Leopoldina percebem de longe sua cara de pouquíssimos amigos, tratando cada um de cuidar de sua própria vida, enquanto Jorge, de castigo pelo atraso, é escalado para um trajeto diferente: hoje, além de tocar a maria-fumaça até Cachoeiras de Macacu, meu avô ainda vai ter que passar por Cantagalo, com carga de café e de boi e de gente e de tudo que tiver que carregar.

# 36

Acho engraçado isso: parece que, em 1818, um figurão na Suíça resolveu firmar um acordo com o então rei, de Portugal e daqui, d. João VI para enviar colonos e instalar um núcleo de povoamento no Brasil. Esses colonos se dedicariam à produção de alimentos e à criação de gado, substituindo gradualmente a mão de obra escrava negra e recebendo em troca disso, em troca de substituir gradualmente a mão de obra escrava negra no Brasil inteiro, esses colonos suíços ganhariam lotes de terra, ganhariam sementes, ganhariam animais. Se tudo corresse como o desejado, quando esse tipo branco já estivesse aclimatado aos nossos trópicos, pela seleção natural, o Brasil do futuro, já no século XXI, iria testemunhar a preponderância desse tipo até mostrar-se puro e belo como no Velho Continente, apagando a herança de todo um período.

À medida que os gringos chegavam, iam sendo encaminhados ao distrito de Cantagalo. Ao terem contato com a cultura local, rapidamente perceberam que a agricultura e os outros serviços deveriam ser atribuição exclusiva dos escravos. O branco não queria de jeito nenhum fazer trabalho de preto. Tremenda humilhação manejar uma foice, uma enxada, nessa terra de uma gente xucra. Portanto o caminho natural era mesmo adotar os costumes da região adquirindo negros, para dar conta do que tinha que ser feito e só podia ser por eles.

Os Chapot-Prévost são descendentes dessas primeiras famílias que chegaram por aqui. Na fazenda São Gerônimo, eles trabalharam debaixo de sol por várias décadas, quase que ombro a ombro com suas setenta cabeças de negros. Faziam orações em conjunto pela manhã e tratavam seus escravos com desvelos tão humanos e fraternais que quem tivesse olhos sensíveis para ver perceberia claramente uma união que tinha tudo para ser duradoura.

Foi na fazenda São Gerônimo que nasceu Catirina, uma escrava de casa, que com a abolição seguiu fazendo os trabalhos de casa. Mas um belo dia ela deu de abandonar o teto dos Chapot-Prévost para tentar fazer a vida em Friburgo. Ela, com trouxa e criança no colo (Catirina tinha um filho, Jorge, esse moleque que já tinha dois anos e pouco só que ainda não andava e não falava, e muitos vão dizer que era por pura teimosia). Catirina deu sorte e acabou caindo na Esquina do Pecado, no beco da Madame Conceição.

# 37

Tem uma versão que diz que o nome do Grito é Grito porque Jorge, numa viagem ao Rio de Janeiro, em 1936, conseguiu assistir a uma sessão de cinema quase inteira, no Cine Rex, pelo lado de fora do Cine Rex, ele trepado nuns caixotes que encontrou empilhados num beco lateral, e conseguiu acompanhar algo do movimento na sala de projeção, através de uma fresta na parede que ele achou e que o deixava enxergar boa parte da tela, e o filme que estava passando se chamava justamente *O grito da mocidade*.

Então pode ter sido por isso: o crioulo voltou para Friburgo com essa ideia encravada na cabeça, como quem se decide de estalo vou levantar um reduto onde não entrem brancos, de jeito nenhum (bem num dos galpões abandonados das oficinas da companhia de trem, onde já vendia cachaça e quitutes feitos pela mãe, Catirina, onde já organizava rodadas de jogo dos bichos), um estabelecimento onde se possa beber, onde se possa namorar, onde se dance, onde eu possa tocar o meu bumbo sem ninguém pra me dizer se eu devo isso ou devo aquilo, onde não entrem brancos, de jeito nenhum, um local onde eu possa encenar os meus próprios espetáculos, onde eu possa contar as histórias do meu jeito, e que traga uma placa bem grande na porta indicando que aqui é o Grito, o Grito da Mocidade.

# 38

Tem a peça que Jorge encenou tantas vezes no Grito e que agora cismou de levar para o Theatro Leal. Engraçado que o enredo dessa peça é muito parecido com a sinopse do filme a que ele quase assistiu no Cine Rex, uns problemas-classe-média-muito-complicados, esse filme que foi visto por quase ninguém, talvez por isso mesmo Jorge tenha usado esse argumento como base para a peça.

A peça escrita por ele, dirigida e protagonizada por ele, por inacreditável que seja, já que Jorge é esse monumento à gagueira em português do Brasil, a peça que trata mais ou menos dos mesmos assuntos de que trata o filme, que tem doença, que tem morte, o título que muda, essa peça ele chamou de *O filho maldito*.

E nada no espetáculo faz referência direta a um filho, quanto mais a um filho maldito, mas nunca se soube de ninguém que tenha tido o topete de questionar o autor sobre essa aberração. Nunca se soube de nenhum maluco, até hoje, que chegasse bem na cara de Jorge do Grito e perguntasse por quê?, por que diabos uma presepada dessas?, tu fica aí maquiado de branco, fica aí lambuzado dos pés à cabeça desse pó de arroz, fica aí gaguejando essas bobagens em cima de um palco, não acha que ganhava mais se botasse energia em cuidar da família?, em garantir o bom sustento da família, Jorge?, só pode ter perdido a razão: por que diabos?

# 39

Catirina deu sorte em fugir da São Gerônimo e acabar caindo na Esquina do Pecado, no beco da Madame Conceição, mas teve um antes-disso. Antes disso, ela perambulou pela cidade, com trouxa e criança no colo. Desde bem cedinho andando pelas ruas sem comer e sem beber. Não tinha comida na trouxa, nem água, e não tinha dinheiro, ela apenas andava pelas ruas de Nova Friburgo com trouxa e com Jorge no colo, que também não reclamava de nada, nem de fome nem de sede nem de nada. Os moradores, de suas janelas, viam Catirina subindo e descendo as ladeiras como se tivesse um destino a seguir. Escureceu e ela estava pelas margens do rio Bengalas, na altura da praça Marcílio, só então parou. Catirina descansou sua trouxa e seu filho no chão, junto a um toco de árvore. Ficou ali por algum tempo. Até que chegaram agentes da lei para cumprir o previsto no Código Penal, no tocante à vadiagem.

Catirina e sua trouxa e seu menino foram recolhidos ao antigo Centro de Reabilitação, no Pavilhão dos Pretos. E passaram pelo menos quatro meses por ali. Catirina e seu filho no colo às vezes conseguindo tomar banho de cuia, às vezes comendo uma comida preparada desde a noite anterior, uma espécie de canja em prato de alumínio, engolindo uns xaropes, misturas fedidas mas eficientes para ajudar na ingestão de uns comprimidos coloridos, às vezes tomando injeções de Benerva complexo B.

Uma funcionária desse antigo Centro, que hoje é o Sanatório da cidade, percebeu Catirina e a levou até o médico de lá. E foi pelas mãos dessa jovem e desse doutor, que davam também assistência lá no rendez-vous, que, aí sim, Catirina, com seu filho no colo, foi cair na Esquina do Pecado, no beco da Madame Conceição.

# 40

Em 1913, Jorge estava entre aqueles que assistiram, em Friburgo, ali na praça do Suspiro, a uma exibição de boxe entre um ex-lutador profissional, que na época fazia parte de uma companhia de ópera francesa de passagem pelo Brasil, e um aspirante a pugilista conhecido como o Apolo Brasileiro, recém-estabelecido na cidade e entusiasta do esporte. (Apolo até derrubou seu oponente no primeiro round, mas depois foi surrado pelo ator francês. Apanhou tanto que, além de perder o combate, sofreu um derrame, e nunca mais lutou na vida.)

O pequeno Jorge vivia brigando no colégio (frequentemente ele saía no braço com algum coleguinha de turma, e muitas vezes com alunos bem mais velhos, num pátio que tinha no Anchieta e que ficava contíguo ao gabinete do reitor), e viu na prática do boxe uma possibilidade de desenvolver algum tipo de técnica que o fizesse capaz de usar a sua força para nocautear seus inimigos todos (se possível, provocar um derrame em cada um dos bostinhas que vinha na intenção de humilhá-lo). Usava um galpão abandonado das oficinas da companhia de trem, pertinho de onde morava, para treinar, por conta própria, seu poder de punch, sua capacidade de esquiva.

Se o jovem Jorge pudesse ser aceito junto à Comissão Municipal de Boxe, e mais tarde se tornasse um atleta federado pela Regional, ele seria o que se chama hoje de peso-pesado. É certo que conseguiria disputar torneios profissionalmente, em Bom Jardim, em Curitiba, atrairia o interesse de empresários do setor, quem sabe até integrasse a seleção brasileira em Buenos Aires para o Sul-Americano. Só que para isso precisava primeiro ter entrado para a Associação.

Conforme o esporte veio se popularizando em Friburgo, observou-se a necessidade de organizá-lo numa associação de praticantes e interessados. Para fazer parte da Associação, o sujeito precisa adquirir um título, e pagar uma mensalidade, e os valores desse título e dessa mensalidade podem variar bastante. A sede da Associação é um palacete construído no estilo mourisco, inadequado para receber um grande número de afiliados, e nem é tanto pela quantidade, mas por uma questão de coerência social: não faz sentido manter um clube de serviço, instalado num local de arquitetura assim sofisticada, que receba entre seus frequentadores tantas pessoas comuns, pequenos comerciantes, operários. Daí a solução, perfeitamente legal, obtida via alteração estatutária, de limitar o número de associados a cinquenta, através do mecanismo de adequação nos valores de manutenção dos registros — os títulos e as mensalidades — de modo a impedir uma mistura indesejada de classes, a desestimular a prática do boxe por um qualquer. Assim, a Associação dos Cinquenta teve como, inclusive, controlar o sistema de apostas no circuito amador, pondo ordem na casa.

Pouquíssimos atletas reúnem condições financeiras para pertencer regularmente à Associação, por isso determinadas organizações passaram a indicar um seu representante: fábricas, como a Arp e a Filó; sociedades musicais, como a Euterpe e a Campesina; hotéis, como o Salusse, o Engert, o Central; a Sociedade Esportiva Friburguense; o Clube de Xadrez; a Diocese (faz dois anos, a Companhia de Jesus registrou-se como um dos Cinquenta, seu representante é um padre italiano peso médio com *Fides et Scientia* tatuado nas costas); a Delegacia de Ordem Política e Social; o Sanatório da cidade; a The Leopoldina Railway Company Limited.

\*\*\*

Está marcado para hoje, agora na hora do almoço, o combate entre Alemão do Centro e Jorge do Grito. Disputa que vai definir quem será o boxeur representante da companhia de trem no torneio deste ano da Associação dos Cinquenta. São dois veteranos. De um lado, Alemão: funcionário admitido bem recentemente na The Leopoldina Railway, antes ele competia pelo antigo Centro, foi chefe dos agentes de lá por muitos anos. De outro lado, Jorge: desde que era molecote já fuçando pelos armazéns das oficinas, hoje exercendo a função de maquinista-foguista na Railway, todas as temporadas tendo sido o vencedor da seletiva interna para defender as cores da companhia no torneio anual. Dois veteranos, Alemão com trinta e oito de idade e Jorge em seus quarenta e quatro. Ou melhor, quarenta e cinco: a partir de justamente hoje, o dia que já começou com meu avô acordando enroscado a uma amante no Grito, ele passa a ter quarenta e cinco anos.

# 41

Não existe no boxe distinção por tamanho ou por cor ou por nada além do peso, as categorias se definem apenas por isso, palha, mosca, galo, pena, leve, médio, meio-médio, pesado, essa que é para aqueles acima dos noventa quilos, o caso de Alemão e de Jorge. Já se enfrentaram várias vezes em outras edições do torneio dos Cinquenta, é rixa antiga, e em todas elas Alemão se saiu vencedor. Sempre por pontos. Quando nenhum dos oponentes beija a lona, quando nenhum consegue destroçar o outro em doze rounds, a luta empata, então um júri se decide por aquele que teria se saído melhor, aquele que teria encaixado os socos mais certeiros. Um júri, formado por alguns dos cavalheiros mais ilustres da sociedade friburguense, define quantos pontos vale um murro dos bem aplicados, e o lutador que ganha vai para casa com trinta por cento do valor das apostas.

Alemão, depois de se aquecer por quase vinte minutos, agora já está sobre o ringue. Um ringue montado aqui atrás no campinho de terra, e puseram em volta uma quantidade de cadeiras que de jeito nenhum vai conseguir acomodar toda essa gente, porque além dos membros da Diretoria do escritório de Friburgo, ainda veio figurão do Conselho lá da capital, e os funcionários daqui, a peãozada, e operários das fábricas vizinhas, e um pessoal de fora, um grupo de colonos que chegou bem cedinho, muito antes desse sol de agora que faz a cara deles ficar feito pimentão assado, uma gente que quase não fala, eles só conversam entre si.

Neste instante, Jorge está chegando, arrancando o uniforme, jogando a um canto sua bolsa com a marmita dentro, e as botas, e o chapéu, recebendo algum auxílio para calçar suas luvas e seu protetor de boca.

Alemão do Centro apresentado pelo corner direito, e nessa hora os colonos todos juntos gritam salves. Jorge do Grito apresentado pelo corner esquerdo, com o apoio entusiasmado da outra metade da plateia.

E o combate foi só isso: o Alemão medindo a distância de Jorge com pequenos jabs, gingando pelo ringue em torno de seu oponente, ensaiando uppercuts que davam em nada depois das esquivas de Jorge. E Jorge lhe aplicando um cruzado de esquerda. Um único cruzado de esquerda e o Alemão do Centro foi para a lona. E, logo na sequência, meu avô montando sobre o corpo do Alemão e desferindo uma série de socos. Vários socos. E o árbitro necessitando de ajuda para tirar Jorge do Grito de cima do Alemão, absolutamente sem nenhum motivo para abrir a contagem, pois o gringo parecia um boneco de pano caído de um precipício. E Jorge levantando as cordas para descer do ringue, e descendo do ringue, antes de um minuto desde que soado o gongo de começo da luta. Antes que o árbitro pudesse ter a chance de erguer o braço esquerdo de Jorge indicando quem será mais uma vez o lutador representante da Leopoldina no torneio anual da Associação dos Cinquenta.

Nenhuma das torcidas deve ter ficado satisfeita com o desfecho. Depois de toda uma preparação para a luta, a luta mesmo durou quase nada. Este sol esturricando os miolos pode ter gerado confusão de sentidos. Talvez tenha sido outra a causa. O certo é que as animosidades entre os grupos presentes acabaram se mostrando. Aproveitando o clima, eles entraram num conflito direto. O que se pode ver agora é membro da Diretoria do escritório de Friburgo atacado por peão de trilho, é figurão do Conselho da capital na cacetada em operário de fábrica vizinha, e todos eles (juntos, configurando uma aliança momentânea) catando qualquer objeto que houver pela frente, cadeira, pedaço de pau, pedra bicuda, e partindo para cima dos colonos, que por sua vez agem da mesma maneira contra todos que não sejam gente deles. Começou com alguém deste lado gritando mata logo a tedescada!, gritando agora esses polaco leite azedo vão morrer! E ouvindo de volta alguma coisa terminada em *affen!*, ou volta para a África, seu bando de macaco sem rabo!

Jorge junta suas coisas na bolsa, do jeito que dá, e vira as costas para essa confusão a fim de se limpar minimamente da sangueira pelo corpo. A grana ele pega mais tarde na secretaria, no momento está atrás é de um lugar mais ou menos tranquilo para ver se consegue almoçar.

# 42

Na semana passada, houve uma noite em que foi branco no Grito. Um grupo seleto de brancos esteve no Grito conferindo a gafieira, de passagem logo antes de chegar ao beco da Madame Conceição. Jorge anunciou temos a honra de contar, honra de contar em nosso clube com a, com a presença de seus Braunes, seus Follys, seus Macedos, esses que têm por costume, que têm, eles que costumam frequentar o Xadrez e o Country, além dos endereços mais ilustres, ilustres da nossa querida Friburgo.

E nas noites de branco tem que a féria melhora, e melhora sobretudo porque Jorge faz leilão de bebida. O comum é que saia em toda noite de função muita branquinha, muita Brahma casco escuro, traçado, muito rabo de galo, mas em noite de branco tem leilão de vermute. Jorge corta o som da vitrola com batidas mais fortes no bumbo e convoca, pondo ordem no cabaré, sempre da mesma maneira, alguma espécie de severidade fingida: damas, damas ao bufê, é hora do leilão, vamos abrir espaço porque é hora do leilão, as donzelas que venham pra minha direita, as desavergonhadas que se posicionem à esquerda, e se por acaso alguma de vocês, de vocês se confundir de lado, se alguma de vocês, de vocês for pra um corner diferente do da sua natureza, nesse caso eu vou chiar, hein, eu vou chiar, vou gritar peraí, peraí, mulher, você não é desse lado não, pode ir passando pro canto de lá, na noite de hoje que eu vou leiloar, eu vou leiloar uma garrafa de Cinzano legítimo.

Os brancos estavam espremidos numa mesa redonda, mais para perto da saída. A vitrola, que já tinha tocado guarânia, bolero, samba-canção, tango, choroso, nessa hora alguém pediu para colocar o disco novo do Francisco Alves. No lado A tem o sucesso "Vitória! Vitória!", no lado B tem a "Canção do Expedicionário". Os brancos debatiam a medida recente, anunciada por tenente Durval, convocando quem for sujeito homem friburguense a se alistar junto ao Tiro de Guerra. Os brancos defendendo que todo e qualquer brasileiro, num momento como esse de agora, de triste infortúnio em que o mundo se encontra envolvido, que cada brasileiro deve ser um fuzil a defender os interesses da nação contra o gênio perverso da trinca maldita, guiados pelo nosso presidente, tendo acima de tudo o Brasil, e com Deus abençoando a todos nós. Os brancos apoiando o discurso de Vargas, dizendo que o Brasil não é inglês nem alemão, é um país soberano, que faz respeitar as suas leis e defende os seus interesses, o Brasil é brasileiro, e ser brasileiro não é somente respeitar as leis do Brasil e acatar as autoridades, ser brasileiro é amar o Brasil, é possuir o sentimento que permite dizer: o Brasil nos deu pão, nós lhe daremos o sangue. As pessoas de cor ao redor dessa mesa começaram a rir muito alto, ao que os brancos reagiram ficando de pé. Alguns fazendo com os dedos o V da vitória, outros o sinal da cruz. Os negros em volta ainda gargalhando, fazendo uma dancinha de esconjuro-Deus-me-livre. Um dos pretos perguntando no Tiro de Guerra?, que bravata é essa, seu doutor?, no Tiro de Guerra onde os brancos fazem ordem-unida com fuzil enquanto os pretos se preparam pra batalha treinando com pás e vassouras em vez de armamento real?, mas que fanfarrice é essa?, no Tiro de Guerra onde o rancho dos brancos é à parte da lavagem que comem os soldados pretos?, onde o uniforme do branco é vistoso e a farda do preto é de tecido vagabundo?, mas que marmotagem!, quem foi que disse que nós somos irmãos?, por acaso tu quer que os crioulos vamos lá lutar por quem?, essa cobra tá fumando por quem?, e tu, seu doutor, vai se alistar?, responde, tu tá indo pro front?, ou vai seguir com a sua vida enquanto eu morro em seu lugar? Cada pergunta pontuada por uma batida do bumbo de Jorge.

# 43

Jorge não consegue se livrar tão facilmente da sangueira pelo corpo todo, do sangue nas mãos, sangue nos braços, sangueira na cabeça, então não é agora ainda que vai ter a paz necessária para sacar a marmita da bolsa e almoçar.

# 44

É comum que Jorge fique pela porta do Grito decidindo se libera ou não libera a entrada de alguém que se diz preto mas que não. Alguém, por exemplo, que chegue acompanhado de um frequentador assíduo — alegando esse é meu primo, seu Jorge, que veio de Minas e tá aqui passando uns dias, deixa ele entrar, vai, seu Jorge, deixa aí — só que não pareça trazer melanina bastante na pele. Aí vai depender de muita coisa: depende da aparência, se o sujeito se apresenta bem-vestido ou se se aparece esculhambado, depende mesmo se ele é homem ou mulher, depende da luz, se é uma luz suficiente quando Jorge aproxima do sujeito ou da sujeita um lampião a querosene para checar seus traços, o grau de crespidão do cabelo, a largueza do nariz, a grossura do lábio. Ainda mais em dias como hoje, uma segunda-feira. Pois toda segunda (chova pau ou chova pedra) no Grito tem sessão da Irmandade Espiritualista Cavaleiros do Fogo.

# 45

Logo mais tem sessão. Os membros estarão vestidos com túnica branca, estarão descalços, com lenço no pescoço, divididos por cor, cinza, amarelo, azul, verde, roxo, meu avô será o único com lenço roxo no pescoço, o mais antigo, o fundador da Irmandade, seu Mestre Real, os membros estarão com quipá na cabeça, uma espécie de gorro e quase todos usam grampos para prender na carapinha, estarão com medalhões prateados com símbolos de matriz oriental gravados neles e uma corda, com três nós nas pontas, de amarrar a túnica pela cintura.

Quase o tempo todo vai soar uma espécie de cântico em coro, parte em hebraico antigo, parte em turco, canções melancólicas falando de amor, de saudade, de lar, de busca, de paz, apoiadas ao fundo por instrumentos indianos, a cítara, a tambura, o sarod. Mas em certos momentos entrará no salão, por uma fresta no assoalho, o som de atabaques, de tambores dos mais diferentes tamanhos.

Quem estiver presente à sessão vai sentir cheiro de ervas, vai ver uma fumaça que sai de um incensório de metal que tem carvão em brasa dentro, vai sentir cheiro de arruda, de sândalo, de angélica, de maçã rosada, de patchuli, vai ver luz azul iluminando cada imagem de Buda, cada imagem de Xangô, vai ver são Bernardo iluminado de azul em cada canto do Grito.

(Junto a uma parede destacada no Grito ficam as imagens de santos, que são retiradas no fim das sessões e guardadas no quartinho que fica escondido atrás do palco e Jorge gosta de chamar de camarim, mas um quadro se mantém pendurado o tempo todo na parede, um quadro de noventa e sete por sessenta e que é a foto de um negro posudo encarando as pessoas. Jorge não diz nem que não nem que sim quando alguém lhe pergunta se o sujeito na foto seria seu pai, como parece. Não diz que, na verdade, ele encontrou certa vez essa foto esquecida num canto de um vagão na Leopoldina e resolveu expor em lugar de destaque no Grito, sugerindo mesmo alguma espécie de ancestralidade. Porque não se sabe se Jorge do Grito é produto de uma das noites pela casa-grande com doutor Eduardo, herdeiro dos Chapot-Prévost, ou se da autoridade do pai desse doutor Eduardo, que era o patriarca da família, ou se das visitas semanais de padre Bento a seu rebanho nas fazendas do entorno da paróquia São Judas Tadeu, ou se de uma das sessões com o crioulo que fazia as vezes de reprodutor na São Gerônimo, ou se de um cutucão num ex-escravo de roça que dormia amontoado com outros antigos escravos no barraco onde antes era uma senzala, ou se de um chamego com um retinto de passagem certa ocasião pela fazenda, que tocava piano e que ficava o tempo todo de gravata-borboleta e que falava francês. Catirina jamais disse nada a respeito.)

Vai chegar uma hora em que os membros da Irmandade estarão ajoelhados em círculo e voltados para o leste, assim ficarão por um minuto e meio, todos eles em silêncio, depois disso Jorge vai se levantar e caminhar até o fundo do salão, vai pegar com a mão direita um cinzel com uma pedra vermelha na ponta e com a mão esquerda um martelo dourado e dizer certa sequência de palavras numa língua secreta, palavras que dão conta da extensão do purgatório, os membros então vão pôr a cara no assoalho enquanto Jorge ficará dando voltas ao redor do círculo formado por eles repetindo sete vezes em voz alta a citação no idioma secreto, com o martelo voltado para o centro do círculo e com o cinzel apontando o tempo inteiro para o lado de fora.

Os membros, no final de tudo, beberão pequenos goles de uma água tirada de uma grande moringa, logo antes erguerão canequinhas com essa água também na direção do leste, ao mesmo tempo murmurando alguma coisa que é difícil de entender, então, aí sim, beberão dessa água, guardarão as canequinhas cada uma pendurada em seu respectivo prego na parte de trás de uma estante, saudarão com *namastê* uns aos outros, sairão do Grito e irão diretamente cada um para sua casa.

# 46

Para o Carnaval do Unidos da Saudade neste ano que vem, Jorge decidiu de homenagear os jesuítas. A Diocese que fez muito gosto, não a ponto de prestar algum tipo de apoio financeiro, mas ao menos mandando um sinal dando conta de que a repressão a esse próximo desfile não será tão aguda. Tenente Durval inclusive parece que já deu palavra garantindo talvez levantar a quantia de cinco mil-réis em auxílio. (E não costuma adiantar muita coisa passar livro de ouro entre os membros da comunidade, chega a ser perda de tempo, isso de contribuição voluntária só funciona se não for propriamente voluntária a contribuição, daí as Folias de Reis. É tradição de muito tempo: cada bloco de embalo em Friburgo mantém o seu Grupo de Folia, o do Saudade eles chamam de Estrela de Belém. Traz como componentes o mestre, quatro ou cinco contramestres e os foliões, respeitando hierarquia rígida, e não tem mês certo para ocorrer, quando acha necessário o mestre convoca os foliões para cantar pelas casas, e os donos das casas têm que abrir suas portas e receber a bandeira que leva estampada a imagem da Sagrada Família, ou a do nascimento de Jesus, ou a da fuga do Egito, eles estão sempre variando de passagem bíblica. A bandeira recebe uma oferta em dinheiro. E na sequência os foliões agradecem entoando meu senhor dono da casa/ eu lhe devo obrigação/ recebeu nossa bandeira/ está com ela na mão/ peço seu consentimento/ pra parar meus instrumentos/ vou entrar em sua casa. A Belém vem com sanfona, pandeiro, caixa, violão, rabeca, bandolim, cavaquinho e bumbo, tocado pelo mestre-palhaço, que representa a figura de Herodes. Ele puxa Herodes recebe os magos/ com grande perturbação/ e onde nasceu o menino/ perguntou com precisão/ os três Reis do Oriente/ já voltaram de Belém/ adoraram o Deus menino/ o filho que a Virgem tem/ voltaram por outro caminho/ pra livrar o Deus menino/ das garras do rei Herodes/ que tem um gênio maligno.) As alegorias e as fantasias que Jorge vem tentando desenhar para o Saudade vão fazer referência ao papel da Companhia de Jesus no processo de colonização da nossa terra. No samba-enredo, ele pretende prestar reverência ao trabalho brilhante do padre Manuel da Nóbrega ajudando a implantar o Governo-Geral, pretende fazer alusão à catequese dos índios (o bloco vai trazer quase todos os seus componentes vestidos de índios, ele é que virá de santo Inácio de Loyola), pretende cantar a destreza de José de Anchieta na tarefa de evangelizar o Novo Mundo.

Os ensaios semanais da bateria estão para começar, portanto está para começar o ritual de Jorge orientando os ritmistas, cada instrumento em seu papel na levada de toque em louvor a Ogum. É tradição da bateria do Saudade que ela venha sustentando o enredo que for, pode ser de jesuíta como esse de agora, pode ser de d. Pedro I assim como foi no Carnaval passado, de Vaz de Caminha, de Domingos Jorge Velho, o enredo que for, é tradição da bateria do Saudade ela vir sustentando por horas seguidas uma bossa em homenagem a Ogum. Por horas seguidas subindo e descendo a Alberto Braune, fazendo uma coreografia toda vez que passa pela frente de um dos casarões da avenida. Por baixo de tudo, uma cadência de orixá.

Os ritmistas do Saudade são tudo pedrinha miúda, eles são em sua maioria músicos que tentaram e não conseguiram, ou que sequer chegaram a tentar porque de jeito nenhum conseguiriam mesmo espaço para atuar nas sociedades musicais de

Friburgo. Essas bandas, a Euterpe, a Campesina, essas bandas se apresentam nos eventos elegantes da cidade, nos piqueniques, nas soirées dançantes, nos casamentos, nos batizados, nos bailes do Clube de Xadrez, aniversários, procissões religiosas, funerais da elite. A bateria do Saudade vem num andamento mais para a frente quando comparado a outros blocos, com seus agogôs, seus tamborins, seus surdos de primeira, os de segunda, e com seus bumbos. Esses bumbos atacam a fresta deixada entre a pergunta e a resposta dos surdos, eles têm um fraseado próprio, se encaixam entre o bum de primeira e o bum de segunda, fazendo meio que um prucurundum.

# 47

Jorge tem um colega que garante que já era vivo quando a estrada de ferro chegou a Friburgo. Ele vai ao Grito quase toda noite e trabalha também na Leopoldina Railway. Manelzim é tocador de charamela, garante que aprendeu a tocar quando ainda trabalhava como escravo, que fez parte de um quarteto que seu dono mantinha para entreter os convidados nas festas. Neste momento, eles estão em Cachoeiras de Macacu, fazendo transferência de uma carga de café que vai para o Rio de Janeiro. Entre uma saca e outra, tomando umas goladas de cachaça. Manelzim garantindo que discurso bonito, seu Jorge, só faltei chorar, agora não lembro do nome do homem no discurso da viagem de inauguração, era homem distinto, sabe como?, usava cartola, de cima de um palco ele falava umas coisas bonitas demais, eu só faltei chorar, falava que dali pra frente sim, Friburgo ia se desenvolver, sabe como?, que ia ter chuva de *touristes* na cidade, falou que ia facilitar pros ricos que quisessem de se distrair, pros doentes que buscassem se curar sob esse nosso clima doce, se convalescer sob o clima suave dessa nossa terra, que o cavalo de ferro é um transporte cômodo, que é um transporte simples e seguro, confiança absoluta, seu Jorge, tu tinha que ver.

O trem para Friburgo parte toda manhã de Niterói, da estação de Maruhy, com os passageiros que chegam na barca das seis, vinda da praça Quinze, no Rio de Janeiro. De Maruhy, o expresso passa pela estação do Porto da Madama, depois pela estação de São Gonçalo, depois Alcântara, depois Guaxindiba, depois Itamby, tudo sem fazer parada, até chegar na de Porto das Caixas. Ali se pode adquirir, dos vendedores de frutas, cambucá, laranja, tangerina, limão-doce, abacaxi, fruta-do-conde, melancia, sapoti, abacate, e, para a sequência da viagem, é possível preparar um farnel com frango assado, pastéis, café, bolo de arroz ou de milho, no botequim da estação. Os passageiros usam guarda-pó e lenço na cabeça, com nós nas quatro pontas, a fim de proteger os cabelos do pó do carvão expelido pelo trem e da poeira da estrada. Em Porto das Caixas a linha se bifurca, seguindo a de Cantagalo para a esquerda e a de Campos dos Goytacazes para a direita. Passa-se por pontes, pontilhões e avistam-se as ruínas da igreja do Convento de Jesus. Depois se passa por Sant'Anna de Japuhyba, por Sambaetiba, por Papucaia, e segue então o trem para Cachoeiras, sempre guiado pelo rio Macacu, onde se faz outra parada para lanche enquanto acontece a mudança da locomotiva para outra mais apropriada à subida da serra. Justo ali se encontram Jorge e Manelzim, sentados sobre sacas de café. Depois de concluída a operação de transferência, eles vão passar pela estação da Boca do Mato, pela do Posto do Penna, pela do Posto do Registro, onde vão fazer uma parada rápida para completar com água o reservatório da máquina e os passageiros aproveitarão para se refrescar numa nascente, vão passar pela estação de Theodoro de Oliveira, antes de passar pela estação de Friburgo. Essa composição não vai parar, hoje Jorge vai tocar a maria-fumaça até chegar a Cantagalo. Cruzando Friburgo e uma chuva de fogo caindo por sobre o comboio, e os meninos da cidade correndo e brincando nos trilhos, e parados em cima dos trilhos na intenção de impressionar as meninas, para saltarem dos trilhos apenas no último instante. Os maquinistas nessas horas, em situações como essa de agora, os maquinistas passam todos apitando, só Jorge que não.

# 48

Manelzim dá de seguir viagem com Jorge. Garante que uma vez já esteve pelo Hotel Cassino, que entrou pela porta da frente e ainda ganhou nessa única noite um punhado de prata que daria para fazer uma loucura. Tu tinha que ver, seu Jorge, tinha que ver, eu era moleque mas garanto que entrei no Cassino, é que o porteiro de lá, não lembro o nome dele agora, ele era muito meu amigo, combinei com ele então entrei pela porta da frente, e sem pagar ingresso, eu não tinha nem um cobre sequer nos meus bolsos, estava metido num terno de linho branco, seu Jorge, tu tinha que ver, de linho branco, e usava um chapéu-panamá, a Carmen Miranda que tinha acabado de acabar um show que foi bonito demais, bonito demais, encontrei um chaveco de dez numa banca e comecei a jogar, resolvi arriscar, né, cravei no nove, e não é que deu nove, seu Jorge?, não é que deu?, e deu mais uma, e mais outra, ninguém reclamava a parada, então segui jogando, sempre no nove, tu tinha que ver, eu separava uma parte e tornava a apostar, sempre no nove, acabou que foram doze vezes, seu Jorge, garanto, lá no Hotel Cassino tem três restaurantes, que seguem abertos até bem depois deles fecharem o salão, daí eu fui pra rua, seu Jorge, fui pra rua mas depois voltei, chamei meus amigos da praça, os mendigos, os cegos, os inválidos, chamei todo mundo e voltei pra um restaurante do Hotel, falando bem alto, seu Jorge, comida e bebida pra todos!, todos eles, seu Jorge, tu tinha que ver, comida e bebida pra todos, foi bonito demais, me lembra na quarta que eu conto de novo essa história lá pros companheiros no Grito, quero muito de contar esse caso lá no Sindicato, nem sei se já contei, pode até ser que sim, mas isso só na quarta, porque hoje eu estou mesmo é pra cair pela casa de conforto, escreve só, logo mais ninguém me impede que eu vou marcar ponto na Madame Conceição, pode escrever, e dona Cati, seu Jorge, diz pra mim, como é que anda minha amiga dona Cati, ela vai bem? E Jorge não se dá ao trabalho de lembrar para Manelzim que Catirina, sua mãe, já faleceu faz uns anos.

# 49

E teve a maneira como Catirina foi deixar a São Gerônimo, ela que deu essa sorte de acabar caindo, com trouxa e com filho no colo, no beco das quengas (e já se sabe que houve um antes-disso, quando ela cumpriu seu período no antigo Centro de Reabilitação, mas e sobre o antes do antes-disso? Sobre o como e sobre o quem ela teria encontrado do momento em que saiu da fazenda até chegar em Friburgo?). Catirina descalça, com trouxa e com filho no colo, fugindo da casa dos Chapot-Prévost, com meia dúzia de jagunços escalados exclusivamente para ficar no seu encalço, e não teve doutor Eduardo nenhum que a defendesse, e não teve pai de doutor Eduardo, o patriarca dos Chapot-Prévost, que a defendesse, não teve padre Bento, não teve ninguém que se desse ao trabalho de abraçar Catirina e dizer minha querida, não se desespere, vai ficar tudo bem.

Foram dezenove dias e dezenove noites e meia de embrenhada no caminho até Friburgo, o meia foi por conta da fuga da fazenda no meio da noite. Teve ajuda de uma negra sua amiga, uma negra criada com ela e que gozava da benevolência dos Chapot-Prévost, a mesma negra que, assim como os outros do entorno da fazenda, sempre dizia das belezas de Friburgo, das maravilhas que havia a tão poucos quilômetros dali, na cidade grande, naquela que era naquele momento, naquele comecinho de século XX, Friburgo era a melhor esperança de representação do grande sonho brasileiro. Dezenove dias e dezenove noites e meia e Catirina com trouxa e com filho no colo só contando com seu corpo para dar conta da fuga. Com suas pernas para que não fraquejassem num ponto qualquer do trajeto, com seus braços para que conseguisse algum serviço que lhe garantisse um punhado de arroz, com seus olhos e ouvidos para que ficassem atentos para enxergar no escuro ou para escutar algum ruído mais estranho no meio da mata, com seu sexo para que lhe pagasse o silêncio contra algum dos jagunços que andava em seu encalço, um desses jagunços que sofreu acidente fatal provocado pelas mãos dela, sexo que lhe pagasse a carona num trecho de estrada de terra num carro de boi, algum vestido usado que lhe substituísse a roupa velha de algodão grosseiro que era o que ela tinha para usar, que pagasse um pedaço de chão para dormir, que pagasse um gole d'água.

# 50

Catirina chegou pelas mãos de uma ex-funcionária do antigo Centro, na Esquina do Pecado. Orientada pelo médico que dava assistência nesses dois lugares, ele que viu logo que a danada era jeitosa, o doutor falou para essa ex-funcionária tu que mora lá por perto, pra cima da rua das moças, não é?, você que é de minha total confiança, vai fazer o seguinte: assim que terminar o turno, pega a Cati, sua trouxa e seu menino, e entrega lá pra minha amiga Conceição, que vai saber o que fazer com ela, por aqui pelo Centro eu me viro, eu lanço no livro que a menina Cati conseguiu ocupação decente, tenho certeza de que a minha amiga lá vai fazer gosto, estou certo de que sim, a minha amiga Conceição tá no momento com um quarto vazio que eu sei, eu sei muito bem lá que uma de suas meninas acabou de deixar essa vida, então vai funcionar, diga que sou eu que estou mandando pra ela essa menina, ou melhor, diga que esse é um presente meu, que nem vou conseguir passar por lá por esses dias, seria confortável que a Cati encontrasse de cara um rosto mais familiar, mas tu sabe que a situação aqui no Centro tá preta, mesmo desejando muito eu não posso me ausentar por esses dias, diga que ela vai gostar, tenho certeza, que essa é a menina de quem vivo falando, que ela receba em seus braços a querida Cati, que ela arrume um canto pra botar sua trouxa e seu menino, e um quarto pra Cati poder trabalhar.

As moças da casa estavam todas com gorrinhos de Mamãe Noel. Umas com blusas com motivos indianos e outras com meias transparentes por baixo de saias que ficavam seis centímetros acima dos joelhos, umas com vestidos de baile tomara que caia e outras com leque florido e colar no pescoço, umas com xales de seda perolada envolvendo seus ombros e outras com pulseiras com pingentes em forma de figa ou de trevo, mas todas elas com sandálias de salto, maquiagem destacada, batons de um vermelho impecável, e com seus gorrinhos de Mamãe Noel.

Um misto do espírito que bate na gente nessa época do ano com uma intuição de velha guarda fez com que Madame Conceição entendesse por bem aceitar em sua casa um menino de quase três anos de idade, e é fato que a dona do beco avaliou Catirina desde o cocuruto até a ponta do dedão, apalpou suas coxas, seu lombo, seu colo, suas costas, suas ancas, suas nádegas, analisou suas canelas finas, checou seus bons dentes, sua estatura na média das outras meninas da casa, tudo bem que Catirina não soubesse ler nem escrever, mas tivesse noção de bons modos à mesa, estivesse acostumada a servir, no mais era saber se se confirmaria a impressão de que a negrinha tinha seu borogodó, seu *je ne sais quoi*, mas isso só seria confirmado pelas mãos da clientela.

# 51

Catirina foi a única negra a trabalhar para Madame Conceição. Acho engraçado isso: as moças-damas são famosas pelas suas feições europeias, pelos seus penteados à pinup, elas são até hoje fiéis ao estilo cortesã de cabaré, são chamadas de judiazinhas, de francesotas, de polaquitas, mas naquele período de dez anos e pouco, logo no princípio do século XX, naquele período havia duas negras circulando no salão, Catirina e a própria Madame, elas eram as duas retintas da casa.

Os clientes é que são de todo tipo, viajantes, marinheiros, estudantes, outsiders, senhores distintos, operários, brancos, pretos, rapazolas, homens-feitos, anciães, costumam visitar a casa para se aliviar, com alguma das moças no colo e com uma Brahma casco escuro na mão. Foi nesse período de dez anos e pouco, o período em que a mãe foi funcionária da casa, foi nesse período que Jorge aprendeu muitas coisas. Aprendeu a andar, aprendeu a falar, aprendeu muitas coisas. Não que todos fossem livres para interagir abertamente, as ordens de Madame Conceição desde o começo foram no sentido de que suas moças evitassem ao máximo contato com o menino, e vice-versa, mas Jorge sempre foi da teimosia, da resistência, da transgressão, um garotinho muito esperto que não demorou a conquistar a afeição da clientela, e das meninas, e da própria Madame.

A casa do beco ainda guarda sua atmosfera família (com Madame Conceição ainda hoje, aos seus setenta e tantos, ditando

as regras do estabelecimento, Madame Conceição da garga-
lhada rouca, desde novinha fumante de Liberty Ovais, agora
nem tanto conselheira da comunidade, nem mais a parteira
que cortava os cordões umbilicais com a unha do dedo mindinho, nem aquela que comprava remédios para os que mais ne-
cessitassem, os negócios já não vão tão bem, hoje uma das meninas mais antigas na casa faz as vezes de gerente, assumindo
boa parte das funções que a Madame não mostra mais tanta
energia para desempenhar, a gerente controlando o cardápio
do almoço que é feito lá mesmo pela cozinheira contratada,
fiscalizando se os quartos das moças se mantêm satisfatoriamente arrumados (cada uma tem o seu aposento lá no casarão e precisa zelar pela sua limpeza), providenciando serviço
médico preventivo e emergencial para cada uma das meninas,
contabilizando os valores dos programas que elas fazem, ad-
ministrando a caixinha da polícia (os agentes da lei que estão
sempre dispostos a prestar auxílio contra alguma desordem
causada por algum baderneiro que frequente o local), Madame
Conceição que recebe porcentagem dos valores dos programas para cuidar de tudo, através de um sistema de fichas individuais as meninas contribuem para o custeio de todas as
despesas da casa, uma espécie de pensão, Madame Conceição que exige recato das moças, ela sempre exigiu, para sair à
rua de dia elas vão sem maquiagem alguma, indumentária simples, são toleradas pela sociedade friburguense muito pelo seu
comportamento discreto, Madame Conceição que, em seus
melhores momentos, era uma mulher de porte, olhos agudos,
fronte empinada, merecedora de uma deferência especial por
parte da elite serrana, conseguiu inclusive que o menino Jorge
fosse aceito como aluno do Colégio Anchieta —

# 52

— naquele tempo, o Anchieta funcionava no regime de semi-
-internato, em que os garotos, somente garotos são matricu-
lados no colégio, ficavam por lá de segunda a sexta-feira e pas-
savam os fins de semana em seus lares, e Jorge foi aceito no
que hoje chamamos de ginasial; antes das reformas de Vargas,
ainda não havia a divisão entre ginasial e colegial, não tinha
isso de separar os alunos por idade; voltado à preparação tanto
de jovens leigos quanto à iniciação religiosa de futuros jesuítas, o Colégio Anchieta valoriza o ensino da fé, mas também da
ciência; conferencistas nacionais e estrangeiros realizam semi-
nários sobre física, ética, cosmologia, lógica, filosofia, além do
idioma nacional os trabalhos dos alunos são apresentados em
grego e em latim; os alunos desenvolvem atividades esportivas,
jogos de força e agilidade como saltos, dardo, disco, esgrima;
os exercícios militares são também uma constância, por ter
sido Inácio de Loyola, fundador da Companhia de Jesus, um
destacado militar logo antes de tornar-se padre; o reitor em
pessoa toma a confissão dos alunos e não consta que o menino
Jorge tenha se queixado de algum episódio de maus-tratos, ou
que ele tenha chorado no confessionário por sofrer algum tipo
de trote mais agudo, ou tenha reclamado dos colegas que o tratavam pela alcunha de tição, de filho de uma rapariga —

## 53

— Madame Conceição conseguiu que o menino Jorge fosse o único negro a se matricular no Colégio Anchieta), a casa do beco ainda guarda sua atmosfera família, mas naquele período de dez anos e pouco a casa tinha ainda mais cara de lar, quando quem observava o ambiente conseguia distinguir por contraste as figuras de duas mulheres, que poderiam facilmente ser tidas como mãe e filha, e ainda um menino como neto de uma e como filho de outra.

O movimento começa por volta das cinco da tarde e termina madrugada adentro, mas é comum que a casa funcione também pela hora do almoço, quando Madame Conceição autoriza que os clientes especiais visitem as suas favoritas, que apenas com esses clientes podem se relacionar, tudo acertado e contabilizado previamente com a Madame. Catirina mesma tinha desses privilégios, durante quase todo esse período de dez anos e pouco ela foi a favorita de um senhor distinto, um homem com esposa e com filhos e com certo destaque em Friburgo, e foi assim por esse tempo: ele visitava Catirina quase toda semana, ali pela hora do almoço, fora essas horas era para ele cuidar da família, da esposa e dos filhos, cuidar para que tivessem de tudo a que tinham direito, das missas aos domingos e quermesses, dos eventos na escola, dos compromissos que exigiam a presença da família completa. Foi assim por esse tempo até que um dia a esposa caiu de doente e, depois de umas semanas de expectativa, ela morreu. O sujeito decidiu que para o melhor de todos eles o correto seria tirar Catirina da vida, fazer dela uma mulher direita. Ele pretendia seguir frequentando as moças-damas, e seguiu frequentando, só que a partir da viuvez achou por bem resguardar Catirina, afastá-la daquele ambiente de competição entre as moças. Por respeito a Catirina e seu menino o sujeito resolveu montar casa para ela, e Madame Conceição tinha inclusive um imóvel disponível para indicar, ali na rua mesmo, mais para cima da Esquina, quase em frente ao cemitério público, a casa que é porão e três cômodos e que por dentro mais parece um corredor.

# 54

Era preciso retirar a porta da sala. A tradição exige que se faça assim, que se retire uma porta da casa, uma porta principal, uma que dê tanto para a rua quanto dê para algum tipo de sala onde as visitas possam ser recebidas. E para retirar essa porta os vizinhos e chegados tinham lá dificuldade, eles discutiam sobre de que forma agiriam, sobre quem faria o que na empreitada, quem suspenderia por cima e quem sustentaria por baixo, quem se ocuparia dos pinos de prender a porta no batente. Discutiam sussurrando, por receio de que Jorge chegasse para saber por que diabos eles discutiam. Mas tanto hesitaram que ele acabou percebendo, então tirou todos da frente e arrancou de uma vez a tal porta (ainda que ali Jorge fizesse as vezes de anfitrião, a tradição sugere que o dono do morto não se envolva tão diretamente com os preparativos mais gerais). Jorge se envolveu com tudo, sem mostrar preocupação com que as pessoas o vissem no estado em que estava naquela manhã. Se ocupou de saber se haveria o tanto que chegasse de flores e velas, se haveria comida e bebida em quantidade, se as roupas que a mãe vestiria seriam as mais adequadas, se os instrumentos estariam afinados. A tal porta seria lixada e pintada na sequência, pouco antes de ter Catirina deitada em cima dela, a tradição diz que o corpo deve ser colocado sobre a porta sem grandes enfeites, para que as pessoas possam vê-lo bem, para que os vizinhos, os chegados, os amigos, os familiares, para que a comunidade toda possa entrar pelo vão deixado pela porta arrancada e passar pelo corpo numa fila indiana, para que os mais velhos possam se sentar nas cadeiras dispostas em volta do corpo da morta e que possam ficar várias horas conversando sobre a vida dela, para que eles passem os últimos momentos na presença da morta contando como foi sua vida, das alegrias e tristezas que viveu, ou melhor, das alegrias só, porque dá azar conversar de tristeza em momentos de morte, mais que isso até, não é nem questão de azar, o caso é que a Morte quando chega para levar alguém ela não se contenta com uma vida apenas, a Morte quer mais — quando tem que levar um de nós para o outro mundo, a Morte geralmente aproveita a fresta aberta para levar logo três —, portanto não é mesmo o caso de falar de tristeza, é preciso festejar para que se engane a Morte, para que a Morte quando passe pelo tanto de gente reunida em memória da morta ela não pense que se trata de velório, que ela nem desconfie. É preciso festejar, é preciso beber, fazer brincadeiras com todos e com a própria defunta, para quando a Morte passar por ali que ela passe direto.

Cada um que chegava recebia a alcunha de um bicho do mar, e tinha um capitão que era o responsável por puxar as brincadeiras, de vez em quando ele gritava manjou, dona sardinha?, e a pessoa que era a sardinha precisava responder manjei, seu capitão!, senão pagava prenda, e a prenda era virar goela abaixo um bom traçado de cachaça, e tinha alguém pintando a cara da morta com rolha queimada, e se algum convidado pelas tantas cochilava tinha a cara pintada também, e de vez em quando o capitão animava perguntando se o golfinho veio, não veio?, então quem veio?, a baleia veio!, então a pessoa que era a baleia precisava dar meio que uma cambalhota, senão pagava prenda. A porta da cozinha para o quintal nos fundos é do tipo estrebaria, daquelas divididas ao meio com a parte de cima abrindo e fechando independentemente da parte de baixo, com duas tramelas, e a parte de cima naquela manhã ficou aberta o tempo todo, de modo que a Creusinha enquanto cozinhava podia acompanhar a jogatina no quintal, o dia todo, podia ver se os convidados precisavam de comida, de bebida. Do quintal se tem acesso ao porão, e lá também o dia todo teve movimento, com muita fumaça, cantoria, bebedeira, com batuque de festejo, com gente dançando, com gente brincando, o dia todo.

# 55

Minha bisavó Catirina jamais pôs os pés no Grito. Ela até meio que não se opôs quando Jorge teimou de inventar esse espaço de negros, espaço onde os pretos de Nova Friburgo poderiam dançar, poderiam namorar, fazer qualquer coisa, ela até meio que concordava que o Grito é lugar de decência, meio que autorizava seu filho a manter o seu clube funcionando, mas nunca na vida pôs seus pés naquele chão e não ia ser depois de morta que ela entraria lá.

Madame Conceição ofereceu a sua casa para fazer o velório, mas Jorge não admitiu que sua mãe retornasse para lá, passados mais de trinta anos (e já faz mesmo mais de trinta anos desde que botaram casa para ela e para o filho, e antes disso teve aquele período de dez anos e pouco em que Catirina trabalhou pela casa de Madame Conceição, e o menino Jorge estudando em regime de semi-internato no Colégio Anchieta, e depois disso abandonando o colégio e passando a fazer uns pequenos serviços de aprendiz nas oficinas da Leopoldina, e pequenos serviços para Madame Conceição, e para as meninas e os frequentadores do beco, Catirina lavando e passando para fora, e cozinhando para fora, o menino Jorge levava quitutes que a mãe preparava e os vendia lá para os funcionários da ferroviária, os anos passando e Jorge teve esse estalo de fundar o Grito, quando ele estava para fazer quarenta anos sua mãe decidiu de lhe arranjar casamento, um primeiro casamento, não pegava nada bem que uma figura destacada na comunidade como Jorge do Grito seguisse solteiro, não pegava nada bem, então naquele ano de 1939 muita coisa aconteceu: Jorge teve que aceitar uma primeira esposa, na sequência essa primeira esposa engravidou, ela acabou falecendo de complicações no parto do menino Olavinho, e logo Jorge se casava novamente, naquele ano mesmo, Catirina cansada de guerra escolheu a Creusinha para cuidar do filho Jorge, e para cuidar do seu neto Olavinho, e também cuidar da casa que é porão e três cômodos e que por dentro mais parece um corredor).

# 56

Dá para imaginar o que ocorreu de diferente desde muito cedo no dia em que morreu Catirina, quase um ano atrás. Quebrou-se a rotina em que Creusinha e Catirina e Olavinho acordavam às três da manhã, de segunda a segunda, os três despertando sozinhos, naturalmente, sem precisar de nenhum tipo de despertador, todo dia às três Catirina e Creusinha se levantando e preparando tudo de que Jorge necessitaria para tocar o seu dia, preparando a marmita de Jorge, enrolando a marmita num pano e arrumando com colher e com garfo e com faca em sua bolsa, separando e deixando suas roupas à mão, seus sapatos de sempre, seu chapéu, as duas em silêncio, e Olavinho brincando sozinho num canto do quarto da avó, um quarto que é colado à cozinha, Olavinho sussurrando o tempo todo alguma coisa, como se brincasse com algum amigo, às vezes gargalhando baixinho, às vezes discutindo com esse amigo, não dava trabalho nenhum, às quatro da manhã tudo pronto para que Catirina acordasse seu filho e seu filho engolisse um café logo antes de sair para o trabalho na estação Leopoldina. Tudo igual todos os dias, só foi diferente naquela manhã.

Dá para imaginar Catirina acordando seu filho no meio da noite e dizendo para ele que sonhou com uma cobra. Catirina contando para Jorge que no sonho ela comia uma serpente viva de escamas aneladas de branco e vermelho e de preto, no sonho ela comia essa cobra partindo da cauda, lentamente, e assim que terminava de engolir essa cobra Catirina no sonho começava a sorrir, e no meio do riso as gengivas sangravam, e os olhos sangravam, a respiração ia falhando, suas pálpebras caindo, daí ela teria despertado. Catirina teria acordado do sonho e contado esse sonho para o filho, ele ainda deitado no chão da espécie de sala com a esposa Creusinha e com o filho Olavinho, a esposa acordada também, daí Catirina teria voltado para o quarto e tornado a dormir, dessa vez para sempre.

# 57

Lá pelas cinco da tarde terminou o velório. Jorge fez um sinal determinando que cessasse a cantoria, que cessasse o batuque, que os presentes todos se encaminhassem na devida ordem para a frente da casa e que o cortejo começasse. Todos em forma seguindo o caixão, os homens adultos à frente, atrás deles as mulheres e as crianças e os velhos, em direção ao cemitério, logo ali quase que do outro lado da rua. Jorge puxando o cortejo com um toque específico do bumbo, um toque fúnebre, pausado e sentido como exigia a ocasião. Naquele dia, em Friburgo inteirinha, só morreu Catirina, então foi como se a cidade toda se mobilizasse para sentir o que sentia aquele filho. Logo a partir da entrada eles passaram pelos mausoléus de família, depois pelos jazigos luteranos, e pelos túmulos da Irmandade do Santíssimo Sacramento, e pela capela, e passaram pela Quadra dos Anjinhos, eles foram subindo pelo piso de pedras agora um pouco mais desencaixadas, passando pelas catacumbas da maçonaria, e dá para identificar todas elas porque todas têm desenhos de triângulos ou de caveiras com ossos cruzados em cima, e em seguida o cortejo passando pelas sepulturas dos suicidas, nessa hora a Creusinha pegou o menino Olavinho no colo para evitar que ele escorregasse na lama formada pela chuva que tinha caído, cruzaram o setor dos brancos pobres, até que chegaram na parte mais alta do morro, onde as covas são mais rasas, onde não existem lápides, não existem as imagens de santos, onde existe um muro de contenção e existe um cruzeiro com uma espécie de altar na sua base, um local destacado, digno de receber uma placa bonita de mármore com o nome Catirina escrito nela, e com número de lote, chegando inclusive a constar no Livro de Registro de Óbitos de Nova Friburgo, o lote 6933, e muitos dos presentes anotaram esse número, e ganharam no jogo dos bichos apostando nesse número, porque naquele dia deu cobra.

# 58

Parece que hoje cedo foi assim: meu avô tinha dormido no Grito e não em casa com a esposa e com o filho; minha avó, que está que é um balão de tão grávida, respirou e finalmente girou a tramela e saiu pela porta da sala para descer a ladeira e checar o que teria acontecido que impedisse o marido de cumprir a rotina de voltar para casa logo após terminada a função; meu avô pega às cinco da manhã na Leopoldina e funcionário que se atrasa para o trabalho na estação paga multa e toma advertência, é descontado de metade do salário ao fim do mês; minha avó deu de cara com o marido dormindo pesado, ao lado de uma preta jeitosa que dormia mais pesado que ele, os dois enrolados em uma coberta xadrez, as pernas do marido enroscadas nas da preta, um som de ronco empesteando o ambiente; minha avó tinha deixado o enteado em casa, meu tio, um menino que hoje está com cinco anos, ela decidiu largar em casa meu tio dormindo sozinho enquanto procurava saber do marido; levou em resposta quatro ou cinco gaguejos e três bordoadas, um marido estapeando a esposa uma vez com a direita e duas vezes com a esquerda, seu braço bom.

# 59

Jorge, agora às tantas da tarde, finalmente encontra paz para tirar de sua bolsa a marmita que a Creusinha preparou para o seu almoço. A composição já deixou Cantagalo e está voltando para Friburgo, a última perna do dia, de modo que ele pode ter a chance de tocar a maria-fumaça enquanto come, finalmente pode ter a chance de desenrolar o pano que amarra a marmita, que é um prato fundo sobre outro prato fundo com comida dentro e um potinho à parte, enquanto administra a caldeira, enquanto confere se os freios parecem estar pelo menos estáveis, de olho nos trilhos bem na sua frente, de olho nos pratos sobre a máquina térmica, com seu feijão, seu macarrão, farofa com carne de porco e uma espécie de salada de folhas que a Creusinha preparou com habilidade única, e Jorge não pretende perder tempo separando no prato o macarrão da farofa do feijão da salada da carne, ao abrir a marmita que passou o dia todo chacoalhando numa bolsa, assim que terminar de devorar o seu almoço, vai partir para o pote que ele sabe que contém um pedação de bolo, e só pode ser um bolo de cenoura, a Creusinha faz um bolo de cenoura excelente, um bolo com certeza celebrando este dia de hoje: justamente hoje meu avô comemora seus quarenta e cinco anos nessa vida.

# 60

Jorge, neste instante, está tocando a maria-fumaça em direção a Friburgo, a última perna desse dia comprido de trabalho na Railway. Ele sente umas palpitações, sua frio, seu peito recebe como que uma saraivada de pregos, incessante, que agora vai se irradiando para a nuca, e agora desce pelas costas, mais para o lado esquerdo, e agora toma o braço inteiro, tudo junto com uma sensação de tontura, e junto com uma ânsia de vômito que já dura mais de vinte minutos. Mais ou menos igual desconforto que a Creusinha sente, neste mesmo instante, em sua casa, só que no caso dela ainda teve um aguaceiro lhe escorrendo pelas pernas, e uma falta de ar de afogado, e uns espasmos que também são saraivadas de pregos só que na barriga pelo lado de dentro, intermitentes.

E esses desconfortos dos dois vão piorar. O que ainda é possível chamar de dorezinhas vai virar coisa pior. Até que ponto, não se sabe. O certo é que estarão sozinhos na hora que o caldo entornar de uma vez.

Acho engraçada essa coisa de toda uma comunidade comovida que nem o diabo pela morte de Jorge do Grito. E pela homenagem que a agora viúva Creusinha fez questão de prestar ao marido, dando o nome do pai a seu filho que acabou de nascer. Dois Jorges que jamais vão se encontrar nesta vida.

Jorge Ferreira Filho

# 61

Pode ter sido assim: meus primos, os irmãos Olavinhos, à luz de quatro ou cinco velas, no porão (cômodo que foi completamente ignorado pelo gênio que, algum dia lá atrás no passado, resolveu botar em prática uma ideia de sistema elétrico para esta casa). Na montagem dos chapéus das fantasias da Ala dos Boêmios da Madruga, da Unidos da Saudade, para o desfile que já é neste domingo agora. Eles três usam cola de sapateiro para tudo, para prender paetê, pedra brilhosa, strass, miçangas douradas, tecido dourado, prendem tudo que é pena de pavão, tudo que é pluma, plástico, arame, eles tacam cola em tudo, uma cola que é barata, entretanto é muito eficiente para fazer as cabeças, para prender os enfeites em cada armação de cabeça, os badulaques todos.

Eles estão no seu ritmo lento, e o desfile é domingo, a Saudade é a última escola a entrar na avenida neste próximo domingo. Mas deve dar tempo, costuma dar, todo ano quase tudo fica pronto justo em cima da hora, a escola na concentração na Alberto Braune e os irmãos Olavinhos ainda ajeitando algum detalhe no corpo de algum componente. É sempre corrido mas costuma dar, tem que dar, nao se sabe o que seria deles se não desse tempo. Ser chefe de ala dá dinheiro à beça. (A Ala dos Boêmios da Madruga está na mão dos irmãos Olavinhos desde o Carnaval de 86, o presidente de honra da escola já vem renovando a confiança neles pelo quarto Carnaval seguido, apesar das confusões nesses últimos anos, barracão pegando fogo, bateria com seus integrantes indo sem chapéu para a avenida, tudo culpa justamente dos meus primos.)

Nesse próximo desfile, a escola vem comemorando o Centenário da Proclamação da República e uma ala com um chapéu assim tão trabalhoso de confeccionar, chapéu que quem olha de frente pode achar que é uma coroa, assim como quem observa de cima ou de um lado ou de outro vai jurar que é um capacete de batalha, toda essa responsabilidade, todo esse trabalho acumulado no porão e eu não estou lá para ajudar. Eu estava. Desde logo cedo, estive preparando os chapéus junto a meus primos Olavinhos, mas depois eu tive que subir, a minha avó Creusinha lá de cima gritou corre cá, menino, corre cá que tem recado importante pra tu, e entendemos prontamente a que neto ela se referia, minha avó nunca me chama de Jorginho, me chama de menino, ou de moleque, ou de garoto, nunca do meu nome mesmo, ela evita. Então subi faz uma hora e pouco e não desci ainda, de modo que os meus primos continuam parecendo trabalhar nos chapéus para o Carnaval, e continuam se coçando até o rabo de vontade de saber que miséria de recado importante era esse.

# 62

Quando meu pai chegou em casa do trabalho, estava terminando o *Jornal Nacional*, e ele encontrou minha mãe já descendo as escadas, sacudindo um telegrama na mão. Ela foi logo dizendo eu tava louca te esperando chegar, Bola, ainda nem abri, tu sabe que eu fico nervosa, eu tava lavando o banheiro de manhã quando escutei que tinha gente chamando lá fora, era o carteiro, tocou a campainha não sei quantas vezes, ainda bem que eu escutei a tempo de atender, larguei tudo do jeito que estava, enxuguei minhas mãos mais ou menos pra assinar o papel, e deve ser coisa importante, espia só, no envelope tá escrito urgente, e tá escrito FAB, e também tá escrito o Jorginho do lado de fora, espia só, o que que tu acha que é, hein, Bola, que que tu acha?, deve ser daquela prova que o Jorginho fez, né, só pode ser, abre logo, Bola, abre logo isso aí.

O telegrama, enviado em nome do major-brigadeiro diretor de ensino da Aeronáutica, parabenizava o candidato JORGE FERREIRA NETO por ter sido aprovado no exame de admissão à Academia Preparatória de Cadetes — PREP 1989, no Grupo de Reclassificação (GR). Uma lista final de aprovados no concurso havia saído em dezembro, com trezentos nomes: duzentos convocados para matrícula imediata, em janeiro, e mais cem nessa lista de reserva para compor um grupo para eventual reclassificação.

O telegrama de convocação trazia outras duas informações:

INFORME 1. Uma lista de material para uso individual durante o Estágio de Adaptação Militar (EAM), toalhas, e camisas, e calções, e cuecas, e meias, e tênis e mais, muito mais;

INFORME 2. A advertência da obrigação do candidato, ou de seu representante legal, telefonar para a PREP, através de sua Divisão de Pessoal (DP), para registro de aceite referente à vaga no período de Estágio de Adaptação Militar (EAM), em até 48 horas a contar de 01 de fevereiro de 1989, sem prorrogação, sob pena de exclusão do processo em caso de não cumprimento dessa etapa, conforme o previsto em edital.

Hoje, logo cedo, minha mãe foi correndo até a casa da vizinha de três casas acima na rua para pedir o favor de fazer apenas duas ligações telefônicas, coisa rápida, não queria incomodar demais mas era urgente, tudo bem que seriam ligações interurbanas mas seria rapidinho, precisava ligar só para dar dois recados, um telefonema era para Barbacena, em Minas Gerais, e ela explicou para sua amiga vizinha que o número é daquela academia militar para onde o filho tinha feito prova, e tinha passado, espia só que alegria, que orgulho, certas pessoas espalhando por aí que o menino não tinha passado na prova mas, ó, aqui o telegrama pra provar, pode ler, o Jorginho passou depois de todas aquelas etapas, a ligação seria só para avisar que ela aceitava o convite por mim, e o outro interurbano era para minha avó, para o número do telefone da casa de um vizinho, em Friburgo, para deixar o recado para que eu suspendesse minhas férias e voltasse correndo para o Rio, ele tem que estar se apresentando em Barbacena já na próxima quarta, dia 8, que é a Quarta de Cinzas, espia que tristeza, dia 8 é justamente o dia do aniversário do Jorginho, ele faz quinze anos justamente nesse dia, em menos de uma semana, não é?, agora mesmo eu vim aqui fazer as ligações que são urgentes, mas saindo daqui vou correndo no mercado, e na papelaria, e nas

Pernambucanas, o Bola me deixou dinheiro para comprar o enxoval, tu tem que ver a lista que mandaram, tem que comprar coisa pra caramba, e comprar rapidinho, porque o tempo é curto, o Bola no dia marcado vai levar o Jorginho a Barbacena, de ônibus, claro, isso é tarefa só dele, isso é coisa de homem, assunto de um pai com seu filho, aliás deixa eu correr porque depois da lista do enxoval ainda tenho que ir até a Novo Rio pra comprar as passagens pra eles, aproveito pra buscar o Jorginho que a essa hora vai estar chegando da casa da avó em Friburgo, é bom que ele me ajuda com as bolsas na volta, e não se preocupe de jeito nenhum com as ligações, assim que a conta da Cetel chegar pode mandar pra mim que eu pago tudo direitinho, se preocupe não.

# 63

Minha avó Creusinha tem por hábito manter uns cadernos secretos, que guarda em lugares secretos da casa, em que ela escreve coisas, toda noite, logo antes de dormir. Um desses cadernos, dedicado quase que exclusivamente a registrar impressões sobre seus netos Olavinhos, traz, em cada página, informações bem parecidas umas com as outras, escritas com letras bem grandes, ocupando o espaço todo do papel. E a julgar pelas cores diferentes de tinta de caneta e pela caligrafia às vezes meio torta, às vezes caprichada, essas informações não foram todas escritas de uma única vez. São tentativas de fazer um resumo do dia condensado numa única palavra, como se fosse possível descobrir a cada dia alguma qualidade nova em seus meninos. E ela não chega a fazer distinção entre eles, pelo visto o que vale para um vale para os três. Em resumo, ela escreve esses meus netos Olavinho 01, Olavinho 02 e Olavinho 03 são idiotas.

Ela que criou Olavo Júnior, Olavo Segundo e Olavo Filho, desde que eram bebês. Hoje eles estão, respectivamente, com seus vinte e um, dezenove e dezessete anos. São filhos do enteado Olavinho, que deixou a casa que é porão e três cômodos e que por dentro mais parece um corredor assim que atingiu sua maioridade. Ele foi embora e nunca mais voltou. Ou foi embora e voltou apenas nessas três ocasiões em que passou algumas horas na casa, tempo suficiente para botar cada um de seus filhos no colo da madrasta Creusinha, para dizer mamãe, toma conta desse filho pra mim faz favor, manja só como o garoto se sente à vontade por aqui, eu levo uma vida corrida, tu sabe, tu sabe que eu não tenho condição. Ou foi embora e voltou numa vez em que trouxe o Tim Maia para se empanturrar de bolo.

As notícias que chegam a respeito do enteado Olavinho são raras e desencontradas, talvez tenha virado marinheiro, talvez pastor, talvez caixeiro-viajante. Vó Creusinha acolheu cada um dos meninos, e sem reclamar. E criou cada um sem reclamar. E em momento nenhum levou fé na promessa que o enteado Olavinho renovava a cada vez que aparecia com um de seus filhos debaixo do braço dizendo que iria voltar para buscá-los, um dia.

Os irmãos Olavinhos são bem parecidos entre si, apesar de cada um ser filho de uma mãe diferente, e são bem parecidos com o pai. Os três com nariz achatado, de abas largas, com lábios grossos, com a cara pequena, com a testa alta e reta, com olhos assustados. Basicamente, a distinção entre eles se dá nos cabelos e na cor de pele, eles valorizam as pequenas diferenças no grau de crespidão de seus cabelos, fazem questão de destacar quem tem a pele mais clara de quem tem a mais escura, numa escala hierárquica que diz que o pardo-claro vale mais que o pardo-pardo, que por sua vez tem ascendência natural sobre o retinto. Cresceram disputando entre si quem seria o mais bonito ou bem-apessoado, quem teria amigos mais ou menos influentes, quem faria jus a mais direitos. Debocham da avó chamando-a de Creusinha do Grito, justamente por causa da postura hiper-respeitosa que ela sempre adotou ao falar do marido falecido nos anos 1940, dizem cê devia era ter se livrado daquele crioulo, empurrado ele da ponte do rio Bengalas, devia era ter arrumado uns caboclos que dessem uma coça por dia de chicote no lombo daquele safado, afinal ele batia em você, não batia?, batia sim que nós sabemos, cê fica defendendo aquele traste piranheiro de rua, aquele pudim de cachaça, egoísta presepeiro dos infernos, vê se pode um macaco sem rabo daquele encasquetar com essas frescuras de teatro, logo ele que era gago de dar pena, não acha que ganhava mais se botasse energia em cuidar da família?, em garantir o bom sustento da família em vez de reunir tudo que é preto de Friburgo pra fazer bizarrice?, fala alguma coisa, Creusinha do Grito, cê não acha?

# 64

A quadra do Grêmio Recreativo Escola de Samba Unidos da Saudade hoje ocupa o terreno em Friburgo onde ficava o Grito, e faz algum sentido que ela esteja justamente ali naquele espaço, um espaço que segue abrigando as pessoas de cor. Acho engraçado isso.

Engraçado também que a Saudade está entrando na avenida agora, ao mesmo tempo que a União da Ilha posiciona sua comissão de frente na concentração do Sambódromo. Uma em Friburgo, na Alberto Braune, e a outra no Rio, na Sapucaí. O enredo de uma faz referência ao fim da monarquia no Brasil, é praticamente um lamento pela instalação da República, enquanto o samba-enredo da outra faz menção a um rei que mandava seus súditos caírem na folia. Uma falando muito mais da grandeza do d. Pedro II e muito menos das virtudes que teria Deodoro da Fonseca, outra falando de um espaço profano onde impera a alegria do vinho e da festa.

O Carnaval na Ilha do Governador resume-se a pequenos blocos de sujos, com bate-bolas, índios, ciganas, circulando pelos sub-bairros, e a bandas tocando em cima de palcos montados em praças, na Freguesia, Cacuia, Zumbi, Cocotá, e a bailes em clubes esportivos, Jequiá, Iate Clube, Portuguesa.

Quem nasce na Ilha quer morrer na Ilha. Estuda na Ilha, trabalha na Ilha, quer fazer suas compras, pagar seus boletos, quer namorar e quer casar na Ilha, criar seus filhos, que por sua vez devem manter os seus pés enraizados nesse chão. O insulano faz de tudo para evitar pegar a ponte que liga esse bairro à avenida Brasil e a partir daí a outros bairros, não quer tomar conhecimento da existência de outros bairros.

A Ilha é um bairro cercado de quartéis, unidades militares se espalham por todos os lados. A Marinha tem o Batalhão dos Fuzileiros Navais, que se estende desde o Bananal até os Bancários, e ainda umas ilhas menores que lhe servem de paiol. O Exército mantém na fronteira com o restante da cidade o Batalhão de Infantaria Blindada. A Aeronáutica marca presença com a Base Aérea, o Velho Galeão, a Vila dos Sargentos (com casas numeradas, iguaizinhas uma após a outra), o Clube de Suboficiais e Sargentos, a Vila dos Oficiais (com casas numeradas, iguaizinhas uma após a outra), o Clube dos Oficiais, o Hospital de Força Aérea, o Colégio Brigadeiro Newton Braga, que recebe como alunos os filhos dos oficiais da FAB.

Uma sensação de relativa segurança toma conta do bairro, os moradores quase todos se conhecem, pelo menos de vista, um fulano, que é amigo de sicrano, que é cunhado de uma prima que trabalha com um cara que mora no mesmo conjunto habitacional onde mora beltrano. Parece que as pessoas que se encontram de manhã na escola, ou de tarde no supermercado, ou de noite nos trailers da praia da Bica, são as mesmíssimas pessoas que se esbarram na missa aos domingos, ou nas festas juninas de rua, ou nos ensaios da União. Ensaios que acontecem o ano inteiro mas que são mais concorridos a partir do mês de outubro, quando escolhem o samba. Jorge Bola é um que frequenta esses ensaios aos sábados, assiduamente.

# 65

Meu pai trabalha como encarregado de obra, é empregado de uma firma construtora de prédios por Friburgo inteira e pela Ilha do Governador inteira. Tinha treze para catorze de idade no tempo em que meio que largou do biscate de carregador de compras na feira para entrar para essa firma. Ainda não tinha carteira assinada (e ainda não tem, então chamá-lo de empregado dessa firma não é muito correto, ele é mais um fiel prestador de serviços braçais, mas paga mês a mês, sem falhar, o seu carnê de autonomia), foi ficando de ajudante-para-qualquer-serviço-de-que-a-firma-necessite enquanto foi fazendo um curso atrás do outro dos que havia disponíveis no Senai de Friburgo, almoxarife, eletricista instalador, instalador hidráulico, pedreiro, pintor, mestre de obras. Depois de completar seus vinte anos passou a vir para o Rio, e passou a ficar pelo Rio, de segunda a sexta-feira, pois na Ilha os negócios da firma estavam se expandindo, e a população da Ilha já vinha aumentando, o Brasil vinha crescendo, havia muitas oportunidades de trabalho, muitos prédios sendo erguidos pelo bairro. Foi num desses imóveis que Bola, tendo conseguido fazer um acordo com a firma, passou a morar com minha mãe quando eles se casaram (pagando mês a mês, sem falhar, uma quantia xis, correspondente ao valor justo de mercado acrescido de pequeno reajuste bimestral que considera, entre outros fatores, a variação inflacionária do período). Esse acordo com a firma vai torná-lo proprietário do apartamento de dois quartos sem varanda, onde vivemos até hoje, vai torná-lo proprietário ao fim de trinta e cinco anos.

E meu pai ainda hoje tem o mesmo talento e a disposição que sempre teve — apesar de seus quarenta e cinco anos e dos cento e dezessete quilos desde a última pesagem, no ano passado. Acorda às cinco da manhã, todo dia, inclusive nos fins de semana, e vai direto para o banheiro, seu intestino é estimulado pelos dois Hollywood que fuma nessa hora e pelas principais notícias do jornal de ontem, que não deu tempo nem de folhear, por isso ele o lê nessa hora também. Na sequência, se troca e bebe um copo até a boca de café coado pela esposa e corre para o trabalho, e passa muitas horas no trabalho, às vezes quando vê já são cinco da tarde e não parou para almoçar, às vezes não almoça, chega em casa para depois da novela das oito e minha mãe serve uma janta em dois pratos que lhe valem pela refeição de um dia inteiro.

Geralmente tira os feriados nacionais e os domingos para si. Para trabalhar para si. Para atender os clientes que conhecem a disposição para o trabalho, o talento e a disposição de Jorge Bola para o trabalho, e estão dispostos a pagar por isso. Ele costuma ser remunerado por esses serviços de dias de folga com dinheiro na mão, sem firma alguma atravessando o negócio, esses clientes reservam lugares numa espécie de fila que vai sendo atendida a cada domingo, a cada feriado nacional, a menos que aconteça uma emergência qualquer, que lhe batam à porta de casa no meio da noite de uma terça, ou de uma quinta, numa madrugada entre dois dias úteis, alguma emergência e a esposa se veja forçada a acordá-lo rogando que salte da cama para conter, por exemplo, o esgoto transbordando no jardim do casarão de um bacana, ou que ele corra até uma fábrica pegando fogo para instalar alguma gambiarra de maneira que não pare a produção.

Mas ele procura tirar um domingo para si, como livre, por mês. E, se consegue tirar esse domingo livre, sempre quer começar o dia cedo me levando para comprar ingredientes para uma boa peixada, ou talvez ingredientes para fazer um cozido, ou um churrasco, ou feijoada, ou mocotó, o cardápio depende da vontade do dia, o certo é que nesses domingos a ideia é que minha mãe tenha um descanso total, ela volta da missa e já encontra a cozinha tomada por marido e por filho absolutamente empenhados em lavar, e em descascar, e em picar legumes, tanto pai quanto filho ligados no máximo para dar conta de todas as coisas, por exemplo, de checar de minuto a minuto se tem água fervendo que chegue na panela gigante que usamos toda vez para fazer um caldinho de inhame que é famoso, tanto filho quanto pai disciplinadamente dedicados ao controle do volume saindo das caixas na sala para que o som não saia tão distorcido, e a trocar de lado o disco na vitrola, ou trocar de LP, e ainda mais disciplinadamente dedicados a checar se as garrafas de Brahma estão gelando da maneira certa, e se o tanto de Brahma vai ser suficiente levando-se em conta os convidados do dia, porque tem sempre convidado, sempre algum vizinho e sempre algum colega do serviço que seja nascido no sertão da Bahia, ou no de Pernambuco, ou no da Paraíba, e portanto esteja longe de casa. É mais do que normal que o último dos convidados de domingos assim só saia já na hora do *Fantástico*, e é mais do que normal que minha mãe vá juntando a louça toda na bancada da cozinha para lavar e que pretenda dar uma passada de vassoura pela casa enquanto grita para mim para desligar a tevê que já acabou *Os Trapalhões* e ir tomar meu banho logo de uma vez porque tem aula de manhã, e é mais do que normal que meu pai a essa hora já esteja desmaiado no sofá, sem condição de se arrastar até a cama por causa do peso e por causa do tanto de cerveja que bebeu.

## 66

Meu pai não me leva nas peladas das noites de terça com os seus amigos, pois eu nunca tentei aprender a jogar futebol. Assim como não me leva lá na quadra da União para os ensaios, eu não sei sambar e jamais demonstrei interesse por nenhum instrumento. Nessas noites, e em todas as outras, minha mãe até se esforça em me fazer companhia. Eu sempre fui de ficar pelos cantos, desde criança brincava sozinho conversando em voz alta com algum amigo imaginário. Não dava trabalho para ela, que podia faxinar a casa inteira sem que eu lhe solicitasse coisa alguma. Agora mesmo: estóu no meu quarto pensando em começar a arrumação na mala grande para a viagem até Barbacena, na quarta, o malão que vai com os itens maiores e mais volumosos do enxoval enquanto os itens menores devem ir em outra mala preta, só que pequena. Agora mesmo: estou no meu quarto enquanto os dois estão na sala assistindo ao desfile da União da Ilha na tevê.

# 67

Como os irmãos Olavinhos têm esse profundo desprezo pelos pretos, se meter no barracão da Saudade não parece ter sido a melhor das ideias do mundo. Foi meu pai quem conseguiu com o presidente de honra da escola que os sobrinhos assumissem alguma chefia de ala. Assim que receberam a notícia, meus primos ensaiaram escapar da indicação, tentaram declinar do convite alegando cê não sabe, tio, que não temos condição de lidar com uma questão assim tão específica?, de aceitar uma responsabilidade que, com toda a justiça, deve é ser oferecida pra algum membro efetivo da comunidade lá deles?, alguém de raiz, sabe como?, que traga na pele uma marca de identificação com os festejos lá deles?, esse cargo deve dar muito trabalho. Porém essa foi só a reação inicial, meu pai por um segundo até desconfiou que os sobrinhos estariam de verdade alegando tudo aquilo que eles alegavam, mas, com toda a certeza, só podia ser uma brincadeira. Hoje, depois de três anos e tal, eles até parecem mais ou menos bem nesse lugar de ponte entre os desejos do carnavalesco e a paixão dos integrantes da comunidade. Ser chefe de ala dá dinheiro à beça, mesmo nas escolas de samba chinfrins de Friburgo.

Todos sabem que não dá para comparar o Carnaval de roceiro que se faz em Friburgo ao Carnaval do Rio, a diferença de investimento e de tudo é muito grande, mas o Bola acredita que em certos aspectos, e depois de quem sabe alguns anos, talvez seja possível chegar perto, a ponto de quem sabe um dia uma escola de samba que nem a Saudade, com a tradição e a categoria que meu pai é capaz de enxergar nessa escola, quem sabe um dia não será possível a Saudade vir para desfilar no Sambódromo de coirmã de uma Portela, de um Império Serrano, de uma União da Ilha?

Até dá para dizer que Jorge Bola é ritmista da União da Ilha desde que pisou no bairro, quando a escola ainda disputava espaço no terceiro grupo ele já frequentava os ensaios na quadra com uma regularidade absolutamente inquestionável, tinha ano em que ensaiava tamborim, tinha ano em que ensaiava surdo, no entanto ele nunca desfilou pela escola. Meu pai jamais deixou de desfilar pela Saudade. Em todo Carnaval, é assim: ele ensaia por semanas e semanas numa bateria, mas sai é por outra. Tem vários argumentos para justificar essa maneira de se comportar, e aí vai depender de quem estiver ouvindo: tem que ele precisa apenas se manter praticando, na intenção de não perder o jeito de cada instrumento; tem que ele precisa emagrecer pelo menos uns quarenta quilos, uma espécie de ginástica; tem que ele precisa visitar a mãe e os sobrinhos e não há feriado melhor que o Carnaval para passar alguns dias sossegado com a família de Friburgo; tem que ele precisa manter a tradição de desfilar nessa escola de samba em Friburgo, a Saudade, escola cuja quadra ele frequenta desde molecote e ocupa o espaço onde antes, bem antes, ficava o boteco onde seu pai trabalhava; tem que ele precisa mesmo administrar o coração dividido entre duas paixões, a da ilha e a da serra, por isso ele ensaia com uma e desfila com outra.

Friburgo fica perto do Rio, duas horas e meia no carreira, e o Bola dá uma escapadinha até lá toda vez que consegue, às vezes por algumas horas bate e volta, às vezes subindo num dia para descer no outro, o escritório da firma em que trabalha fica lá e vira e mexe surge um bom motivo para justificar a viagem. Nessas escapadas, geralmente consegue de fato visitar a mãe e os sobrinhos, mas o Bola chova pau ou chova pedra o que não deixa de fazer, nas escapadas, é dar um pulinho que seja na Saudade e confraternizar com as meninas da cantina, e com os amigos que estiverem na quadra, e atualizar o pessoal da bateria sobre as bossas modernas que as escolas do Rio estão fazendo, e, no Carnaval mesmo, pelos quatro dias do feriadão, é subir para Friburgo também, mas aí é subir com a esposa e com o filho, e não sozinho.

# 68

Eu, no meu quarto, pensando em começar a arrumação da mala grande para a viagem até Barbacena, na quarta. Ou pensando em todas as transformações definitivas por que a vida vai passar a partir do momento em que botar meu pé na PREP. Ou pensando em coisa alguma, apenas mirando essa parede sem foto, sem livro, sem quadro nenhum. Meus pais estão na sala assistindo ao desfile da União da Ilha na tevê.

Se estivesse em Friburgo, estaria espremido numa arquibancada, com meus primos, assistindo à Saudade. Nas férias de meio de ano e nas férias de virada de ano eu passo uns dias por lá, foi sempre assim, mas antes era com meu pai e minha mãe, todos juntos hospedados por três, quatro dias na casa que é porão e três cômodos e que por dentro mais parece um corredor, e logo depois voltávamos para a Ilha. Nos últimos anos é que começaram a fazer uma forcinha para que eu fique, sozinho, sem meus pais, pela casa da avó por um período um bocado maior, como incentivo, talvez, para que eu consiga ter alguma interação social mais efetiva.

Hoje eu já tenho catorze, e Friburgo é uma cidade tranquila, não tem um por cento sequer da violência do Rio. Em Friburgo, posso andar a pé se for o caso pela rua no meio da noite sem problema nenhum, meus pais ficam bem menos preocupados, meus primos Olavinhos podem me fazer companhia, a diferença de idade entre nós não é grande: Olavinho Filho está com dezessete, Olavinho Segundo, dezenove, e Olavinho

Júnior, vinte e um. Meu pai sabe bem que os sobrinhos até fazem mesmo companhia para mim, e sabe melhor que eles acabam dando um jeito de tomar para si o dinheirinho que ele dá para mim (ele deixa sempre algum dinheiro comigo para qualquer emergência, não é para gastar, é mais um exercício, um treino para ensinar a decidir gastar apenas em coisas verdadeiramente importantes, minha mãe costurou nas minhas duas calças jeans um bolsinho interno onde fica o dinheiro dobrado em quatro partes, não é para gastar, para comer tem a comida da casa da avó, para dormir tem o teto da casa da avó, roupas eu levo que cheguem na mochila mas, se for o caso, posso até conseguir um casaco emprestado de meus primos Olavinhos, eles que têm quase o mesmo corpo atarracado que eu), e eu também sei — sei bem que a companhia dos meus primos é a única possível para mim, e sei melhor que meus primos sempre acabam dando um jeito de tomar para si o dinheiro que o Bola consegue me dar, e transformar esse dinheiro em três copões de caipivodca de abacaxi —, eu me sinto confortável com isso.

Os irmãos Olavinhos, eles que não deram certo nas cinco ou nas seis tentativas de arrumar emprego, por exemplo, numa loja de roupas de grife, numa loja de sapatos de madame, esbarrando sempre na exigência contida nos anúncios dos classificados de que a vaga disponível deve ser ocupada por pessoa de boa aparência. E nunca se mostraram dispostos a tentar colocação numa fábrica, digamos, de rendas, ou de artigos de couro, ou de cueca, ou de calcinha, de sutiã, e nunca lhes passou pela cabeça passar por uma sala de aula de um curso que os instrumentalizasse na batalha pelo emprego formal, quem sabe datilografia, ou talvez disputar uma vaga na função de estoquista, de almoxarife, de carregador de caixa, de empacotador no Mercado ABC, e nunca quiseram concorrer ao emprego de gari na prefeitura de Friburgo, nem de ajudante de serviços gerais, e nunca na vida aceitaram nenhum dos diversos convites que meu pai sempre fez para que viessem trabalhar de ajudantes em alguma função num canteiro de obras. Nenhum dos meus primos Olavinhos faz trabalho de preto, de jeito nenhum, vão seguir acreditando no que sempre acreditaram: na possibilidade de inventar alguma profissão com taxas relativamente baixas de estresse, e com alta remuneração, de preferência algo em que consigam influenciar clientes sem que para isso precisem sequer colocar um dedinho do pé fora de casa.

Os irmãos Olavinhos, eles estão sempre me fazendo companhia, eles fazem sim, ainda que essa companhia muitas vezes se resuma ao fato de estarmos num mesmo ambiente, sem trocar palavra. Eu não gosto muito de falar. O Bola fica até satisfeito, ele que não pode garantir que ele mesmo tenha conseguido construir essa ponte com o filho.

# 69

Não se pode garantir que um sujeito como Jorge Bola tenha compreendido logo cedo a natureza do comportamento de seu filho, difícil dizer, eu fui um menino que até meus dois anos e pouco ainda não andava e não falava (e quando comecei a falar, falava pouco, e quando falava quase nunca era falando com meus pais, quase nunca olhando reto nos seus olhos, mas olhando fixo para algum outro ponto, como que olhando reto nos olhos de outras pessoas, e falando com outras pessoas, às vezes sorrindo meio fora de hora, ou chorando meio fora de hora, demonstrando irritação, porém quase sempre falando sozinho, como quem interage intensamente com alguém que, com certeza absoluta, não está por ali), difícil dizer, um comportamento de causar preocupação a qualquer pai.

Mas, depois de algum tempo, Bola foi podendo comparar o que ele via em casa com o que teve que se acostumar a ver na casa da mãe, em Friburgo, onde ele foi criado. Crescendo lá, foi obrigado a conviver com o comportamento de seu meio-irmão Olavinho, que travava diálogos inteiros com ninguém num cantinho do quarto colado à cozinha, e obrigado a conviver com o comportamento da mãe, que todo dia fazia as tarefas de casa falando e falando com gente que ninguém além dela conseguia ver. Ele concluiu há muito tempo que essas coincidências de família não podem ser coisa de sangue, não têm ligação com uma ancestralidade perdida como a deles, talvez exista alguma explicação em outro nível, num sentido mais amplo, lugar aonde a mente de Bola não consegue chegar.

# 70

Minha mãe perguntando o Nescau tá bom de doce, meu filho?, e perguntando para meu pai o café tá do seu gosto, não tá, Bola?, e nós dois respondendo com a cabeça ãhan, ãhan.

(Ela que já está de pé desde antes das quatro conferindo uma última vez minha bagagem, e logo depois preparando o café da manhã — a mesa arrumada com duas bisnagas inteiras e um terço de outra, que ela comprou na padaria ontem à tarde, na última fornada do dia, para que o pão parecesse o mais fresquinho possível agora, duas bisnagas inteiras e um terço de outra porque dessa outra preparou sanduíches com queijo e com apresuntado para o almoço do marido e do filho durante a viagem logo mais a Barbacena, a mesa arrumada também com manteiga; com café, que acabou de passar; com leite, com Nescau; com um pote cheio até a tampa de biscoito de nata; com um bolo de cenoura que ela fez numa receita dobrada, já que esse é o meu bolo favorito, e já que hoje é meu aniversário. Hoje estou fazendo quinze anos.

Ela que já cumpre uma rotina mais ou menos assim diariamente, acordando mais cedo, se levantando e preparando tudo de que filho e marido necessitarão para tocar o dia. Preparando a marmita de Bola, enrolando a marmita num pano e arrumando com colher e com garfo e com faca em sua bolsa. Preparando uma lancheira que eu tenho, guardando na mochila de forma que não faça um volume tão grande. Separando e deixando à mão de seu marido suas roupas e a espécie de botina de couro surrado que ele usa todo dia no trabalho. Separando e deixando à minha mão o uniforme e o Kichute que eu calço todo dia para ir ao colégio.

(Tudo sempre em silêncio, sem fazer nenhuma espécie de ruído, para que tanto marido quanto filho tenham condições de dormir mais um tanto que seja.)

Ela que já tem tudo pronto à mesa da cozinha quando acorda meu pai no quarto deles — quarto que fica de frente, a menos de um passo, para o outro quarto desta casa, o meu quarto, para hoje me encontrar já acordado, sentado na cama, mirando uma parede vazia.)

Minha mãe fazendo suas perguntas para os homens da casa, se o Nescau está bom de doce, se o café está gostoso, tentando com isso se certificar de que todas as coisas estão nos devidos lugares.

# 71

Minha mãe se despede de nós, então meu pai e eu nos pomos a caminho do ponto, às dez para as cinco da manhã. Iluminados pela luz amarelo-encardido saindo dos postes, nós cobrimos a distância de seis quarteirões até a praça que funciona como terminal de ônibus das linhas que fazem serviço no bairro.

Neste finzinho de última noite desse Carnaval se pode ver na praça, sentado num banquinho de concreto, prancheta no colo, caneta atrás da orelha e toalha do Flamengo ao redor do pescoço, o despachante que fica por ali meio que só para mandar nos colegas e organizar numa fila alguns ônibus, e ele deve ser bem relacionado na empresa e ganhar um salário maior só por isso, e deve liberar os ônibus para eles começarem a rodar às cinco e meia da manhã. Além da formação de ônibus atrás de ônibus e filas de trabalhadores que desejam fortemente um lugarzinho sentado no transporte público municipal, se pode ver na praça ainda outro cenário (o sol já vai nascer daqui a pouco e virá jogando luz sobre todas as cinzas): um palco que neste momento não tem músicos em cima tocando instrumento nenhum, as peças estão espalhadas no chão, agora se ouve uma sequência de marchinhas e sambas antigos no volume máximo que sai de caixas enormes de som tocando para ninguém, alguns foliões que sobraram estão pelos cantos e jardins maltratados da praça, pela faixa de areia da praia, pelas calçadas, estão com os cotovelos apoiados nas bancadas das barracas que ainda têm gelo nos seus isopores para vender bebida e ainda têm fogo na grelha para vender churrasquinho.

Meu pai faz os cálculos para concluir que consegue beber duas garrafas, pelo menos, de cerveja antes que os ônibus comecem a rodar. Está pela metade do serviço quando vem chegando um conhecido seu de muito tempo, o Tubarão.

Ô Tubarão, como é que tá?

Tô bem, tô bem.

Disseram que tu estava doente, tu não estava internado?

Me arruma um Hollywood desses.

Tá certo. Ô minha tia, vê mais uma Brahma, jogo rápido, pra gente, não vou perder a chance de tomar uma cerveja ainda neste Carnaval com o meu amigo Tubarão.

Esse moleque aí, quem é?

Ué, conhece não? É meu filho, Jorginho.

Nem sabia que tu tinha filho, meu xará.

Tenho, tenho sim. A gente tá indo daqui a pouquinho lá pra Barbacena, é em Minas Gerais, ele passou pra ser milico, num concurso pro Brasil inteiro, vai estudar na Aeronáutica com roupa de graça, comida de graça, ainda vai ganhar um troco todo mês, e só pra estudar, tu acredita? Agora esse moleque tá com a vida ganha, não vou ter preocupação com ele pelo resto da vida.

Sei como é que é, agora que eu firmei a vista percebi que tu tá até mais magro, não tá? Esse moleque é os teus cornos direitinho. Vê lá se tu não vai fazer cagada com os milico, hein, moleque, agora tá na tua responsa. E, xará, como é que foi na bateria lá daquela escola que tu sai todo ano, hein, estava bonita a tua escola? A União que estava linda que eu vi, eu vi pela televisão porque domingo ainda estava naquele hospital, mas a Ilha estava linda sim, eu não pude desfilar mas tu pode escrever no teu caderno que não vai ter problema, tem problema não, se Deus quiser vou estar vivo ainda neste próximo sábado então eu desfilo, porque tu sabe que este ano a gente leva, não sabe? Este ano é certo, todo mundo tá dizendo que no sábado das campeãs é mais do que certeza que a União da Ilha vai estar, este ano a gente leva o campeonato. Por acaso tu ficou sabendo que eu fugi lá daquele hospital? Tive que fugir, meu xará, ficar internado é ruim demais, ainda mais no Carnaval, não tenho condição, falei com o doutor que saía pra rua mas depois voltava, garanti pra ele, assinei um papel garantindo que vinha pra rua, aproveitava o Carnaval no sapatinho, mas depois eu voltava, acredita? Responde pra mim, meu xará, tu acredita?

Conseguimos embarcar a tempo no 328, carregando malas, capanga de mão e sacola das Casas da Banha com três latas de cerveja dentro, que meu pai comprou na tia da barraca para beber no caminho até a Novo Rio.

Minha mãe já havia comprado as passagens, na quinta passada, assim mesmo Bola encosta o cotovelo no guichê da Útil, só para confirmar se tudo está em ordem. Para perguntar se é certeza de ter só dois ônibus por dia para BQ, se a funcionária no guichê não acha isso muito pouco, para perguntar se ele está certo ao deduzir que esse BQ marcado no bilhete em suas mãos é referência a Barbacena, perguntar onde fica a plataforma de embarque, se não seria prudente todos irem já se encaminhando para essa plataforma, seja lá onde ela for, se é certeza mesmo de ter só dois ônibus por dia para BQ, perguntar se a funcionária por acaso conhece o colégio em Barbacena em que seu filho, que inclusive está fazendo aniversário no dia de hoje, se conhece o colégio onde seu filho vai morar. A funcionária no guichê não chega a levantar os olhos dos patacos de dinheiro, que conta e separa em bolinhos para troco, ao responder que sim, que sim, às oito e às catorze e trinta, que não, que sim, que fica bem aí na sua frente, que ainda não, que essa ela já respondeu, que claro que sim, que parabéns.

# 72

Meu pai foi dormindo o trajeto inteirinho entre Rio e Barbacena. Ou quase inteirinho, porque minutos antes de chegarmos à rodoviária, passando a três ladeiras de distância de um muro branco-nada gigantesco em que se pode ler em azul-jaquetão-de-milico "Academia Preparatória de Cadetes PREP — Dignidade acima de tudo", um muro visível de qualquer lugar onde se esteja na cidade, o Bola está bem acordado quando o motorista para o ônibus e aponta em direção ao muro dizendo cês tão vendo aquele muro lá na frente, não tão?, pois bem, a PREP é ali, é só seguir andando toda a vida nessa reta, é pertinho. E não chega a parecer estranho que esse motorista tenha adivinhado qual seria o destino de nós dois (eu devo trazer tatuada bem grande na testa a palavra "calouro"), qualquer barbacenense com um mínimo de experiência consegue perceber situações como essa fácil fácil.

Pegamos as malas e vamos andando para a PREP, subindo e descendo as ladeiras debaixo do sol-de-Barbacena-ao-meio-dia, que é um sol parecido com o sol de Friburgo ou de todas as cidadezinhas encravadas em serras, um sol que, escondido no frio, esturrica as pessoas e a grande maioria delas nem percebe. Mais ou menos pelo meio do caminho, temos que parar num cruzamento de trens para esperar um comboio de carga passar. É quando Bola senta num bloco de pedra e saca da bolsa um sanduíche que não chega a comer, pois parece desistir de almoçar antes mesmo da primeira dentada, parece preferir observar o movimento da composição como alguém que assiste a um filme antigo numa tela de cinema. Daí meu pai, que durante a viagem quase nada falou, agora dispara a fazer comentários sobre o próprio pai, falando, com certeza, para si mesmo e não para mim.

# 73

Deve ser ruim, né, trabalhar de maquinista. Deve ser solitário. Não cheguei a ter a chance de saber com meu velho se era isso mesmo, nunca pude perguntar pra ele. A gente que, no mesmo dia, se desencontrou. O velho partindo e eu chegando, no mesmo diabo de dia, sempre achei isso uma coisa incrível. Queria saber de outras coisas também, tudo que sei sobre ele é só de ouvir falar. De ouvir falar na rua, na quadra da Saudade. Lá em casa que era mais difícil. Meu irmão sempre dizia que não perdoava o velho, que o velho tinha abandonado ele, que não sei o quê. Mas penso que era tudo conversa da boca pra fora, me entende? Só podia. O pai trabalhava que nem um camelo. E tinha como ser de outra forma? Não, não tinha. Parece que o velho era quase que do Grito pra Leopoldina e da Leopoldina pro Grito de novo. Era isso ou não tinha a menor condição. Minha mãe que nunca levantou nem um dedo mindinho pra falar do velho. Até hoje é assim, ela fica quieta, com a cabeça um tantinho arriada, ouvindo sem interromper qualquer um que faça um comentário a respeito de meu pai, marido dela, dizendo, por exemplo, que o velho era um cabra valente, que escutava os desejos da comunidade, que era um sujeito garboso, que Jorge do Grito era um tremendo visionário e tudo mais, até hoje é assim, daí ela se apruma na cadeira em que estiver sentada e termina a conversa dizendo alguma coisa como justamente, justamente. Pensando aqui se faz sentido esse negócio de chamar o meu velho de velho, porque se for pra pensar desse jeito eu já tô com os dois pés nessa bacia. Velho por velho, em setembro eu faço aniversário, então nós dois vamos estar com a mesmíssima idade. Acho engraçado isso.

# 74

O Portão da Guarda tem agora apenas dois recrutas, um dentro da guarita, com fuzil a tiracolo e controlando o sobe e desce eventual de uma cancela, e outro fora, com pistola no coldre e prancheta na mão, que chega de frente para meu pai e eu prestando continência vigorosa (ou continências, uma para cada, a lógica do nunca se tem como saber com quem se está falando determina que um recruta considere sempre, de maneira automática, a possibilidade de o sujeito na sua frente, mesmo um sujeito assim tão acima do peso como Bola, ele pode muito bem ser um oficial à paisana, e eu posso muito bem ser um cadete à paisana, e tanto oficiais quanto cadetes podem muito bem se mostrar temperamentais além da conta em todas as ocasiões em que não se sentirem tratados com o devido respeito, portanto não custa prestar logo de uma vez a continência, afinal se trata antes de tudo de um procedimento banal, um cumprimento, a forma específica e exclusiva de um militar dizer bom-dia, boa-tarde ou boa-noite), o recruta perguntando com todo o respeito, senhor, qual o motivo da visita?, e depois de saber o motivo também perguntando e vocês por acaso estão portando seus respectivos RGs?, e depois de ticar numa lista na sua prancheta o meu nome, e depois de anotar ao lado do meu nome a hora exata de chegada, 12h13, o recruta dizendo tu não pode deixar essas malas aí não, ô calouro, arruma outro lugar sem ser na reta de passagem, o cadete responsável por vocês foi ali rapidinho e já volta, ciente?

Obedeço prontamente às ordens do recruta e recolho minhas coisas a uma parede de canto. Parede ocupada de uma ponta a outra por um tipo de homenagem a uma Turma específica: ali tem as fotos de todos os membros do esquadrão Ícaro, a Turma 74. Cento e treze cadetes hoje eternizados, e não a partir de uma placa com palavras bonitas comemorativas de algum feito, mas eternizados em fotos de busto preto e branco nas quais aparecem, em seus quepes e fardas de guarda de honra, olhando garbosos para o meio do nada.

Logo surge um rapaz desejando *bom dia, eu sou o cadete J. P. Villa-Lobos, a partir de agora o senhor pode deixar o seu garoto comigo, eu levo seu garoto até o alojamento, indico onde ele deve deixar suas malas, lhe mostro o beliche, o armário, em seguida acompanho o seu garoto até o stand de tiro, é essa a atividade que os demais da Turma dele estao fazendo agora, em treino de tiro, desculpe se carrego no sotaque, eu venho de México, se precisar repito devagar pro senhor me entender.*

Meu pai não diz nem que não nem que sim.

Apenas dá um beijo em minha testa, dá meia-volta e vai embora.

# 75

*portanto se eu pudesse te dar um conselho, cabrao, eu diria: cai fora
daqui, sei que parece um conselho de merda, e de fato é um conselho
de merda levando-se em conta que eu próprio estou aqui até hoje,
mas isso é uma outra história, outra história de merda, o que importa no momento de agora é que eu, no teu lugar, aproveitava ter
um pai que ainda deve estar pelo caminho da rodoviária e voltava
pra casa com ele no carreira das duas e meia, esse que era o certo
a se fazer, certeza absoluta, entretanto só de olhar pra tua cara eu
posso perceber que tu nao é do tipo que faria alguma coisa assim,
nao é verdade?, duvido que teria coragem, entao há que se ter paciência, tu vai ter que aprender do jeito mais difícil, uma dica que
eu posso te dar é item zero da cartilha de sobrevivência nessa merda
aqui, pode anotar: faz o que estiver ao teu alcance pra entrar, ur-
gentemente, pra algum grupo, o mais rápido que for possível, se é
pra te humilhar pagando trote pra cadete mais antigo, melhor que
nao seja sozinho, e pode ser qualquer grupo, aqui tem um montao,
dá pra escolher, entra numa equipe de esporte, nao, tu nao tem a
mínima de quem faz esporte, talvez arremesso de peso, tu já pra-
ticou alguma vez na vida arremesso de peso, cabrao?, ah, esquece
essa merda, outra coisa que nao serve pra nada é grupo de religiao,
e tu tampouco tem a mínima de quem frequenta igreja, e te digo isso
porque por aqui tu vai ver logo logo que tem esses dois grupos distintos: o dos bixos escondidos debaixo da batina do padre e o dos
bixos debaixo do sovaco do pastor, tu nao vai encontrar opçao diferente desses dois capelaes aqui na prep, sim sim, aqui temos dois*

*capelaes, um católico e um evangélico, dá pra acreditar?, antes era só o pessoal da capela, depois é que tiveram que puxar um espaço específico pros cultos também, mas nao vale a pena te envolver com nenhum desses filhos de puta, cabrao, esquece essa merda também, aliás esquece esse negócio de grupo, bem se vê que isso nao é pra ti, podia funcionar se fosse um cadete normal no clube de filatelia, ou no de música, de línguas, de artes, de xadrez, nos residentes aratacas, no clube de aeromodelismo, qualquer merda, algo que te oferecesse alguma proteçao, acontece que*

Que porra é essa, bixo, tá maluco? Que que você tá fazendo aqui sozinho no aloja? Veio com quem, quem foi que autorizou? Responde, porra. Tô vindo do Portão da Guarda e o recruta falou que você estava lá, depois quando ele olhou não estava mais, pode me explicar que porra é essa? Sabe há quanto tempo eu tô te procurando, seu estrume? Não sabe não, né? Eu é que não sei por que que eu tô falando com você numa boa, seu bixo sarnento, cai de boca logo. Fica logo em posição de flexão, sua besta. Isso, porra, enquanto eu vou falando você vai pagando flexão, é assim que funciona, consegue entender? Então vamos recapitular: você estava no Portão da Guarda, se despediu do papaizinho, o recruta falou pra você me esperar que eu tinha dado uma saída e já voltava, não foi isso? Então que porra é essa de sair sozinho, seu bosta? Que porra é essa de achar que tá autorizado a fazer o que te passa na cabeça? Acabou essa porra de dar importância praquilo que te passa na cabeça, ciente? Acabou. Já vi que você não segura uma semana que seja de PREP. Já começou dando lance, e justo na minha reta. Você sabe o que é lance, candidato? Pois saiba que você mal pôs os pés na PREP e já mostrou ser um grande lanceiro. E, pior pra você, já virou meu cravado, ciente? Dá uma boa olhada aqui na minha tarjeta e decora: cadete Sartori. Guarda bem esse nome: Sartori. Você não vai ter um minuto de paz aqui na PREP que eu não vou deixar, tá ciente?

# 76

O cadete Sartori comunica de maneira muito eficiente que a partir de agora eu não sou mais eu. A partir de agora, o menino Jorginho não existe mais, ele está morto. (Em muitos sentidos, mas principalmente) porque a partir de agora (e pelo menos até o dia em que eu desistir de uma carreira nas Forças Armadas — o que, segundo o cadete Sartori, com certeza vai acontecer logo logo — e por causa dessa covardia eu resolver pedir desligamento da PREP, até que esse dia chegue) eu passo a ser tratado primeiro como candidato a cadete, ou como adaptando, ou como estagiário, ou por alguma denominação que indique que, neste momento, eu não chego a ser sequer um bixo, não completamente. Por exemplo: se ainda não posso ser chamado propriamente de calouro, então que eu me identifique por meu número de classificação de entrada, no caso aqui: 89/152. E num futuro até bem próximo, se eu der bastante sorte nesta vida, se por algum milagre eu sobreviver neste mundo até lá pela metade de março, eu vou conseguir, se satisfatoriamente concluído o Estágio de Adaptação Militar (EAM), com sorte eu vou receber uma tarjeta com patente e meu nome de guerra gravados, no caso aqui: cadete NETO.

Esse período de adaptação, que começa apenas hoje para mim — ou melhor, para o estagiário NETO —, já está pelo vigésimo terceiro dia para a grande maioria dos membros da

Turma 89. Isso porque eu vim, quer dizer, porque ele veio pela lista de reclassificação, a daqueles candidatos cuja média final de concurso chegou até perto da nota de corte mas não foi suficiente para lhes garantir o acesso direto para a PREP.

# 77

A rotina-padrão do Estágio de Adaptação Militar (EAM), que, em seu ciclo completo, dura oito semanas e é composto de uma elaborada agenda de atividades e orientações específicas, prevê que todo dia na PREP, ou todo dia em qualquer Organização Militar (OM), comece a partir do toque de alvorada, às seis da manhã, e há soldados-corneteiros dispostos por locais específicos da PREP, inclusive, e principalmente, bem na porta do alojamento dos bixos.

(Às 6h20, todos entram em forma, no pátio situado entre o aloja dos bixos e o paiol de armas e de munições, fardados de uniforme de campanha de serviço de instrução completo, para os primeiros avisos do dia, e para, em seguida, o café da manhã.

Às 6h50, os candidatos têm que estar em forma, no campo de esportes de cima, fardados de uniforme de campanha de serviço de instrução com torso nu, para submissão ao Treinamento Físico Militar (TFM), que acontece segundo o exposto em manual cedido pelo Ministério do Exército, manual que estabelece um padrão a ser seguido pelas Forças Armadas no tocante ao condicionamento da tropa, e desenvolve certos atributos, espírito de corpo, coragem, autoconfiança, decisão, camaradagem, dinamismo, cooperação, equilíbrio emocional, liderança, resistência, tolerância, a partir de uma sequência de movimentos que são sempre os mesmos, da corrida parada com elevação dos joelhos ao alongamento de glúteos, passando pelo polichinelo, utiliza-se o recurso da contagem inversa a pulmão pleno, para sustentação de cadência, quando o guia chama um, dois, três, quatro, e a tropa responde quatro, três, dois, um.

Às 9h da manhã, eles precisam novamente estar em forma no campo de esportes de cima da ladeira do paiol, agora para a Ordem-Unida (OU), que acontece segundo o exposto em cartilha cedida também pelo Exército, cartilha que também estabelece um padrão a ser seguido pelas Forças Armadas, no tocante à execução dos exercícios da tropa relativos à instrução militar, observando os quatro índices de eficiência: moral, proficiência, espírito de corpo e disciplina, e destacando sempre o papel fundamental de uma voz de comando precisa e potente para manter a tropa motivada, nos padrões coletivos de ordem, uniformidade, sincronização e garbo militar.

Às 11h da manhã, o efetivo se reúne no pátio da pista de fora, em frente ao gramadão, para a parada diária de antes do almoço. Esse desfile, em continência ao militar mais antigo que estiver presente, é feito em formação por esquadrilhas, que são grupos de cerca de quarenta homens cada e quando juntos compõem um esquadrão de tropa. Cada esquadrão, na PREP, é formado por cinco esquadrilhas. Não ainda, mas quando os cadetes voltarem de férias, em março, a PREP terá sete desses esquadrões, correspondentes aos anos letivos do curso: o sétimo, o esquadrão mais antigo neste ano de 1989: esquadrão Toca o Terror, o sexto: esquadrão Panteras da FAB, o quinto: esquadrão Sai Fora!, o quarto: esquadrão Gladiadores dos Céus, o terceiro: esquadrão Destemidos do Ar, o segundo: esquadrão Audazes da FAB, e o primeiro esquadrão, o esquadrão mais moderno neste ano de 1989, é, ainda provisoriamente, chamado de esquadrão Cavaleiros do Fogo. Os candidatos vão entrar em forma com o uniforme de serviço B, e depois de retiradas as faltas, de disposto o esquadrão na formação tradicional de vinte e três fileiras por nove colunas, sendo a fileira-testa composta dos candidatos de maior estatura e a cauda dos de menor, o esquadrão marchará desde a pista de fora até o Monumento ao Código de Honra da PREP, daí os candidatos entrarão pela pista coberta no pátio do rancho, marcando cadência.

Às 12h, almoço. Os estagiários adentram o rancho em ordem decrescente de antiguidade.

Às 13h50, os candidatos se perfilam em frente ao auditório, fardados de uniforme de serviço B, para retirada de faltas e para assistirem à palestra do dia.

Às 14h55, os adaptandos deverão estar pelo pátio das salas de aula para as instruções teóricas militares do turno da tarde.

Às 18h, horário reservado para atividades diversas.

Às 18h30, janta. Os estagiários adentram o rancho em ordem decrescente de antiguidade.

Às 19h, os estagiários já precisam estar concentrados nas respectivas salas de aula, cada um ocupando a carteira escolar correspondente a seu número de classificação de entrada e já tendo buscado seu material de apoio nos respectivos escaninhos, para a retirada de faltas e o Estudo Obrigatório (EO), que é o momento em que todos devem se ocupar de manter seus estudos em dia visando ao Exame Final de Adaptação (EFA), através da leitura detida e da análise aprofundada tanto de seus apontamentos pessoais quanto das apostilas de instrução militar. Os adaptandos são estimulados ainda a procurar apoio em leituras paradidáticas complementares, desde que seu conteúdo seja previamente analisado e, se for o caso, liberado pelo chefe do Departamento de Ensino (DepEns).

Às 21h15, os candidatos formam, por esquadrilha, no pátio do rancho, para retirada de faltas, verificação do apuro de seus uniformes, do asseio pessoal de cada adaptando, e aqueles que forem considerados aptos pelo oficial-cadete comandante do Corpo, ou pelo subcomandante, ou pelos comandantes de esquadrilha, ou pelos adaptadores-cadetes, esses estagiários podem se perfilar para a ceia.

Às 22h, tocam as cornetas de silêncio, e a partir desse horário ninguém além daqueles que estão de serviço é autorizado a fazer nenhum tipo de barulho, ou mesmo circular pelas dependências da PREP, até o toque de alvorada no dia seguinte.)

# 78

Tu devia ter falado, gordinho, devia ter falado logo. Tá vendo, Oliveira, o moleque não é caga-pau, tá vendo só? Tá chegando agora na PREP, ainda não sabe quem é quem nessa porra... Então deixa eu te dar um bizu, seu lanceiro de merda, tu tá vendo este barrete na minha canícula? Tá vendo aquela estrela no bibico do cadete Oliveira? Isso quer dizer que a gente manda nessa porra toda, que se a gente disser pra tu correr pelado pelo pátio, é isso que tu vai fazer, tá ciente? É sim senhor, seu lanceiro de merda, é sim senhor. Toda vez que algum cadete mais antigo te fizer uma pergunta, tu responde bem alto sim senhor ou não senhor, tá ciente? Se tu tá mesmo autorizado a vir aqui no barbeiro pra raspar a carapinha bem no meio da tarde, na hora que os seus companheiros de Turma estão tendo instrução, então tá tudo certo. Foi teu oficial-cadete comandante de esquadrilha que te liberou? Qual a tua esquadrilha? Como é que não sabe, cacete, não é possível. Ah, tu tá chegando hoje? Puta que pariu, hoje hoje? Achei que fosse modo de dizer. Então ainda tem que tu é burro pra caralho, só pra piorar. Tu veio de reclassi, é gordo que nem uma poia, é preto que nem um tição. Tu tá fodido, moleque, aqui tu só vai se foder. Aí, Oliveira, do que que a gente chama este bixo lanceiro de merda? Rá-rá, beleza, é isso aí, vai ser Saco de Cocô. Candidato 89/, qual a tua classi, Cocô? 152? Mas tu é cu pra caralho mesmo, hein? Então assim, toda vez que qualquer mais antigo te chamar, e tu vai sacar rapidinho que qualquer cadete é mais antigo do que tu se tu é um calouro, e ainda por cima um calouro que vem de reclassi, não existe ninguém mais moderno que um cara como tu aqui no Corpo de Alunos-Cadetes, quando te chamarem, tu responde assim: candidato 89/152 — Sacolão de Cocô se apresentando, senhor! Não esquece de chamar de senhor, tá me ouvindo, seu lanceiro de merda? Então sai voado, Cocô, mete o pé. Vai cortar porra de cabelo nenhum não, depois tu corta. Sai da minha reta que agora vai ser o cadete Oliveira e depois dele sou eu que vou cortar o cabelo, tá ciente?

*entao ciente é o caralho, por que que esses cretinos de merda nao vao se foder de uma vez?, eu sei por quê, cabrao, porque esses filhos de puta estao com as pregas saturadas de hemorroidas, é tanta hemorroida que nao sei nem de que jeito conseguiram se sentar na cadeira da barbearia, eu já te disse que o maior bizu pra um calouro na prep é formar o seu grupo, e andar o tempo todo com esse grupo, qualquer um, eu já te disse, um bixo escondido no meio de um bando de outros bixos tá sempre melhor protegido, eu sei, eu sei, tu tá chegando agora, ainda nao conhece os teus colegas de Turma, e ainda tem esse teu jeito caladao, entao te aviso, companheiro, que é melhor já ir se acostumando, calouro que anda sozinho pela prep só se fode, vai ter sempre um desses filhos de puta lhe gritando no ouvido, uns adolescentes chiliquentos de merda, me dá gana de agarrar o pescoço de algum deles mas pra nao soltar, eles ficam dando ordens só pra descontar as frustraçoes em cima dos coitados que estiverem ao alcance, os cadetes do sétimo ano berrando nos ouvidos dos cadetes do sexto pra baixo, os cadetes do sexto berrando nos ouvidos dos do quinto pra baixo, e assim por diante até os bixos, que nao conseguem descontar seus recalques nos ouvidos de ninguém, e ainda tem que calouro na prep nao anda, calouro faz tudo correndo, por isso tu vai ter que rebolar um pouquinho, cabrao, com essas banhas aí que tu tem, mas vai te acostumar, nao te preocupe, vai te acostumar, tu sai daqui agora e passa no setor de identificaçao pra requerer tua carteira provisória, te mostro onde é, só tem que ser rápido porque daqui a pouco eles fecham e só abrem amanha, depois tu passa na lavanderia pra pegar tuas roupas de cama, daí vai no paiol de fardamento e por último no de material de ensino, ali tu vai ganhar as apostilas de instruçao militar, o lex nisi e o dicionário do bixo, vao te cobrar essas cautelas todas carimbadas na hora do estudo obrigatório, e guarda bem o dicionário, se puder anda com ele por dentro da farda, esse é outro bizu, aprende de uma vez esses verbetes, senao tu nao vai conseguir entender porra nenhuma das merdas que esses caras dizem, pode crer, daí vao te chamar de caga-pau, de lanceiro, de golpista, que é tudo a mesma merda, nada mais do que um sujeito que até tenta porém nao consegue se adequar ao sistema que eles têm por aqui, e*

# 79

A palestra de agora de tarde será dada pelo comandante do Corpo de Alunos-Cadetes em pessoa, o tenente-coronel Antunes Filho, que é o único negro entre os oficiais de toda a PREP. E ele é muito negro — apesar de ninguém por aqui se animar com a ideia de fazer comentários a esse respeito —, tanto que dizem que seu apelido de Turma é Cadete Tiziu. Faz questão de que os candidatos já estejam em forma, com chamada feita e a devida apuração de alguma falta eventual, os adaptandos precisam estar em formação por esquadrilha quarenta minutos antes de qualquer evento em que ele esteja presente, esteja chovendo, fazendo um calor de fritar ovo no asfalto, fazendo um vendaval, não interessa, o comandante costuma dizer que não há nada melhor para ir moldando o caráter individual do militar do que um belo exercício de imobilidade em formatura.

O tema a ser desenvolvido na palestra gira em torno dos conceitos encerrados na chamada Rosa das Virtudes. Ela é a representação das qualidades mais essenciais para aqueles que almejam navegar pelos ares, expressa-se por dezesseis valores que graficamente correspondem às dezesseis referências geográficas da Rosa dos Ventos, coincidindo com os pontos cardeais, com os colaterais e com os subcolaterais. Quando assimilados, são valores que garantem a boa condução da instituição, e seu estrito cumprimento é o que se deve exigir, a qualquer custo, dos futuros militares, principalmente durante o período de EAM.

O comandante Antunes Filho diz há trinta anos era eu que estava aqui, senhores. Foi aqui que iniciei meu forjamento. A minha formação de militar. Culminando depois na promoção a aspirante a oficial. Em seguida, a segundo-tenente. E por aí foi. Determinou sobremaneira a minha formação de oficial da FAB como um todo. Aqui, os senhores terão o privilégio de realizar atividades que muitos gostariam de estar no lugar dos senhores para realizar. Os senhores irão se exercitar no campo de obstáculos. Irão pagar ordem-unida com fuzil. Irão se testar nas marchas e acampamentos. Num futuro próximo os senhores irão pôr em prática tudo que aprenderam na sala de aula. Isso é privilégio para poucos, senhores. Tenho certeza que os senhores sabem disso. Os senhores irão aprender muitos ensinamentos, inclusive aqui nesta palestra de hoje. Ensinamentos que os senhores levarão para o resto de suas carreiras. Daqui a trinta anos serão os senhores que estarão à frente dos quartéis. No comando das tropas. Daqui a trinta anos os senhores é que irão traçar as estratégias que garantirão que a nossa pátria seguirá no rumo certo. Anotem o que eu estou lhes dizendo. E os senhores estão na etapa final do que chamamos de processo seletivo. Peneira que cumpre a função de sempre melhorar as gerações futuras de membros da FAB. Separa-se o bom, logo na sua origem. Ficam para trás os pleiteantes relativamente inadequados. Eliminam-se os drogaditos. Os pederastas. Os sensíveis. Aqueles que são pobres demais. Que são pretos demais. Se bem que, nesse caso, a FAB não é nem a Força mais prejudicada. A Marinha sofre mais com aquela farda branca. Esse filtro, senhores, somado ao fato natural de que as mulheres jamais serão cadetes nas Forças Armadas, tem como chave de ouro, como grand finale, o lugar onde os senhores se encontram agora: o Estágio de Adaptação Militar. En-ten-dido? Os adaptandos respondem a uma, todos juntos, sim senhor. Eu não escutei. Então das duas, uma: ou bem que os senhores estão fracos porque ainda não comeram — e sabemos que não pode ser isso, pois acabam de sair do rancho — ou bem que estou diante de um esquadrão de mariquinhas. Pois então, senhores, me respondam. En-ten-dido? Os adaptandos respondem de novo, a uma, só que agora mais alto e mais forte, sim senhor!

# 80

De pé, à porta da sala de aula da terceira esquadrilha do primeiro esquadrão, o Neto pode ver trinta e nove candidatos sentados nas suas carteiras em postura militar, coluna ereta, as mãos espalmadas sobre o tampo da mesa, e uma única dessas carteiras está vazia, justamente a que fica mais próxima e logo de frente para a mesa de madeira pesada em cima do tablado com uma placa pequena onde se lê: Mestre. O cadete Sartori está sentado ali, ele é o adaptador escalado como chefe de classe desta turma nesta noite e diz mas ora, ora, vejam só se não é o Candidato Lanceiro chegando atrasado no Estudo Obrigatório. Tsc, tsc, tsc, meu cravado, desse jeito não dá. Já era pra ter aprendido que o procedimento que marca pra se dirigir a qualquer mais antigo é prestar continência, ficar em sentido e pedir permissão pra falar. Era isso que devia ter feito, seu bixo sarnento, assim que chegou na entrada da sala e ficou com essa cara de otário sem dizer porra nenhuma. Só por causa disso, seu verme, vai caindo de boca. Enquanto eu confiro estas suas cautelas aqui, você vai pagando flexão. Porque, fiquem atentos, candidatos, eu checo cada uma das ordens que dou pra vocês, se elas foram ou não foram cumpridas. Não pensem que eu deixo barato como, infelizmente, alguns poucos meus colegas cadetes acabam deixando. Não mesmo. Eu não confio em nenhum de vocês. Eu sei que as cabecinhas de vocês são depósitos de estrume, cientes? Não se pode descuidar. Aí não, seu preto burro! No fundo da sala. Quer me foder, quer? Se passa alguém no corredor, algum oficial bitolado, vai saber, e vê você aí pagando flexão vai achar que eu tô te dando trote. E trote é proibido, seu bosta. Vai pro fundo e vai caindo de boca, em silêncio.

E Sartori de fato confere cada uma das cautelas carimbadas nos setores por onde o candidato Neto passou logo antes de chegar correndo ao pátio das salas de aula, para o Estudo Obrigatório. Enquanto isso, o Neto bufa na parte do fundo, atrás das carteiras destinadas aos adaptandos mais antigos, os que têm os melhores números de classificação de entrada, porque a disposição dos lugares marcados em sala de aula obedece ao critério que diz que os mais inteligentes podem ficar mais distantes dos professores e do quadro-negro que não tem problema, ao passo que os mais burros precisam comer pó de giz, precisam ficar o mais próximo possível do conhecimento e da sabedoria que são simbolizados na figura de um mestre, de um mais antigo no recinto.

O cadete Sartori está meio que sentado na mesona de madeira, e meio que de lado também, com a perna direita quase que toda esticada para trás, com a pontinha do sapato encostada no tablado, balançando de leve para lá e para cá, a coxa esquerda é que está toda sobre o tampo, e servindo de apoio para que o cotovelo direito possa funcionar por sua vez como apoio também, mas por baixo, para uma espécie de cruzada de braços, de modo que Sartori tem seu corpo curvado para cima da turma. Ele diz que o Estudo Obrigatório durante o período de adaptação serve, sim, para o estudo obrigatório, para preparar os candidatos para o Exame Final, mas pode servir muito bem para uma série de outras coisinhas. Diz que se lembra de si próprio no ano passado, que era ele na situação de adaptando, que todos aqui podem tê-lo como irmão mais velho, ou como um primo, por que não? Duvido que algum de vocês adivinhe a minha idade. Você aí, quantos anos você acha que eu tenho? Errou. E você? Errou também. Não tô dizendo? Tenho certeza que eu nasci no mesmo ano ou até mesmo depois que vários de vocês. Entre nós existem poucas diferenças. A principal delas, é claro, é que eu sou bem mais antigo. Um militar com mais experiência pode orientar, e deve orientar, os mais modernos, aqueles que chegam apenas agora, ele deve cuidar pra que os novos colegas se sintam até confortáveis na pele de um homem das armas.

Sartori estimula os candidatos a fazerem perguntas, a tirarem dúvidas sobre a carreira ou sobre a PREP, se põe à disposição para satisfazer as curiosidades que eventualmente os candidatos possam vir a ter. Ninguém? Nenhum de vocês quer saber nada sobre o nosso dia a dia? Convencido de que é coisa de uma timidez natural para um começo de conversa, Sartori se lembra do Neto largado de cara no chão lá no fundo da sala. Levanta, neguinho. E ajeita esse uniforme que já tá todo culhado, tá me dando nojo olhar pra você. Vou te fazer umas perguntas simples, pra quebrar o gelo só. Tipo qual que é o nome do nosso oficial-cadete comandante do Corpo? Você não conhece o cadete Oliveira. Tá bom. Então vamos fazer o seguinte: cada vez que você não responder o que eu pergunto, ou quando errar uma pergunta que eu fizer, a turma toda vai cair de boca por você. Ciente, seu bola de banha? A turma inteira vai pagar o pato pela sua burrice. E daí pede a letra da "Canção do Expedicionário". E a do Hino à Bandeira. E pergunta cacete, essa é fácil demais, não sabe quem é Otávio Júlio Moreira Lima? Nada disso o Neto sabe responder. E a cada resposta não dada a sua turma cai de boca para pagar flexões em silêncio, a turma toda menos ele.

Agora Sartori ordena que o Neto fique em posição de crucifixo no fundo da sala até o fim do Estudo Obrigatório (crucifixo: o sujeito parado de pé com os braços esticados paralelos ao chão, como um crucificado mesmo), até lá ele vai decidir a punição mais adequada para um adaptando tão despreparado quanto o Neto (que mais tarde vai poder descobrir que seu castigo é apresentar, em detalhes, após cada Estudo Obrigatório até seu último dia no período de adaptação, seus progressos em torno da tarefa: cópia integral do Regulamento Disciplinar da Aeronáutica — RDAer, em todos os seus títulos, capítulos, artigos, parágrafos, itens, seções, letras e anexos, com indicadores das devidas atualizações, em cadernos com pautas e páginas numeradas à mão, com caligrafia caprichada).

O cadete Sartori elogia sorrindo a postura do adaptando Xuxa, a postura de não espaiar o nome do cadete que mandou que ele se apresentasse desta forma: cadete 89/024 Xuxa se apresentando, senhor! Ele fala engraçadinho você, hein, muito engraçadinho, logo mais eu procuro saber quem te deu essa ordem, e explica um pouco da estrutura do Corpo de Alunos--Cadetes na PREP. Que ele mesmo é o 01, o mais antigo, dos Audazes da FAB, a Turma 88, portanto o único adaptador-cadete do segundo esquadrão, já o terceiro esquadrão tem dois adaptadores-cadetes, o 01 e o 02 da Turma 87, os Destemidos do Ar, o quarto esquadrão tem três cadetes, o 01, o 02 e o 03 da 86, os Gladiadores dos Céus, e por aí vai sucessivamente até o sétimo esquadrão, o esquadrão Toca o Terror, com a diferença de que nesse sétimo ano as responsabilidades são ainda maiores, com o 01 de toda a PREP, o cadete Oliveira, oficial-cadete comandante do Corpo, e com o subcomandante do Corpo, e com os comandantes de cada esquadrão, e com os comandantes de cada uma das cinco esquadrilhas de cada esquadrão, totalizando os quarenta e quatro oficiais-cadetes do sétimo ano, é tudo muito simples.

Ninguém perguntou, mas eu passo o bizu: quem aí de vocês sabe o que que é Trigonô? Rá-rá, já vi que você é daqueles bitolados nos estudos, não é? Trigonô é trigonometria também, garotinho, mas é senha pra um lugar muito mais importante:

o Triângulo da Gonorreia! Aqui em BQ tem três puteiros, o Sayonara, o Night and Day, o Ficha Rosa, eles ficam na saída da cidade, e geograficamente dispostos em torno de uma praça, suas coordenadas indicam a formação de uma espécie de triângulo, sacou? O Triângulo da Gonorreia! Cadete que é cadete de verdade marca ponto todo mês no Trigonô. Quem não tem conta aberta num dos caderninhos de lá não sei não, com certeza é mariquinhas.

Agora, outra curiosidade. Você, Russinho, diga aí: tem medo de fantasma? Pois corre a lenda pela PREP de que a Turma 74 simplesmente desapareceu. Eles estavam no voo comemorativo de HS100, a cem dias lá da formatura deles, e o Hércules em que eles estavam simplesmente sumiu. Ele até saiu daqui do aeroporto de BQ, mas simplesmente não chegou no Campo dos Afonsos. A FAB nega isso, claro, ninguém vai confirmar, mas tem ali perto da entrada principal da PREP, escondida quase ao lado do Portão da Guarda, uma parede ocupada de uma ponta a outra com as fotos dos caras. É uma homenagem. E se for reparar, não tem placa com palavra bonita, como é tradição, não tem nada indicando que Turma é aquela, não tem Ícaro escrito em lugar nenhum dessa parede. Só o que tem são as fotos dos membros, que são cento e treze, todos paradinhos fardados de guarda de honra e olhando pro além.

# 81

mas nao estou te dizendo, cabrao, que podia ter sido uma merda pior?, mas muito pior, me dá igual se me acredita ou se nao, mas a rotunda a sul é legendária no que diz respeito a trotes, tu deu foi muita sorte de ter sido chamado pra pegar serviço agora, foi sim, porque se fica por lá que nem aqueles outros bixos que tu viu sendo levados pra rotunda, rotunda é banheiro, cabrao, dois banheiros enormes que ficam no caminho entre o pátio das salas de aula e o rancho, tem a rotunda a norte e a rotunda a sul, e costuma funcionar da seguinte maneira: depois do estudo obrigatório aquilo lá fica deserto, ninguém com juízo mete a pata por lá, entao esses filhos de puta desses veteranos ficam nas rotundas de noite aplicando uma suga atrás da outra nos calouros seus cravados, eles fazem uma relaçao dos top ten dos mais lanceiros da semana, tu deu foi muita sorte, cabrao, pode crer, podiam estar dando socos na tua plaqueta de identificaçao sem a borracha de prender nas tachinhas na parte de trás até tua camisa ficar toda manchada de sangue, ou estar te enfiando de cabeça pra dentro de um vaso atolado até a boca de merda, tu podia estar debaixo de um filete de água de chuveiro velho com farda e com tudo a madrugada inteira, tu podia estar jogando cubol, uns calouros pelados jogando sentados no piso da rotunda atrás de sabonetes pra fazer de bunda a diferença de dois gols no time adversário, tu com esse corpanzil voluminoso vai fazer sucesso no cubol, vai ser o nosso brito!, o piazza da prep, já pensou?, o time que ganha fica liberado e o que perde

Começa daqui a pouquinho, vai de dez a meia-noite, tu pega este cinto de campanha e passa lá no Posto pra assumir o serviço, tá safo? O Posto da Guarda. Até podia ir contigo pra mostrar como é que faz, mas é facinho de chegar, é bem facinho, tu vai por ali, ó, sobe a escada pro pátio de dentro, vira à esquerda, depois à direita e chegou. O serviço é de plantão-de-faxina-geral, não tem mistério, é certeza que tu vai dar conta. Até podia ir contigo, colega, mas o dia foi hard, pode acreditar, tô sugadão. Acho que te vi mais cedo, tu chegando na PREP mais ou menos pela hora do rancho, não foi? Mas não tem erro, tu passa lá no Posto da Guarda e diz que o candidato Feneghetti. Melhor tu anotar: diz que o candidato 89/149 Feneghetti te passou o cinto de serviço. Diz que eu te passei o serviço na marca, direitinho. Que tu tá indo lá só pra assinar o livro e voltar pra pagar o serviço no aloja. Só pra formalizar, tá me entendendo bem? Não tem mistério, tu paga o serviço e quando der meia-noite algum colega nosso de Turma vem aqui te render, tu passa este cinto pra ele e fica tudo safo. Mas se der meia-noite e não vier ninguém, aí tu vai ter que ficar de serviço até as duas da madruga, no começo do outro plantão. Porque o alojamento não pode ficar sem alguém que tome conta de tudo, que fique acordado catando as sujeiras do chão, pode ser que venha algum veterano no meio da noite, ou mesmo o oficial de dia, nunca se sabe se vai ter visita durante o plantão. E tu tá vendo essa balbúrdia toda aqui no nosso aloja logo antes de tocar o silêncio, não tá? Na sequência fica tudo zoneado, aí tu cata mais ou menos a sujeira grossa, sem fazer barulho, enquanto os nossos colegas de Turma descansam do dia, dormindo. Te falei que foi um dia hard, tu precisa entender. E se liga, gordão, serviço é coisa séria. Se pegar pro meu lado, tu que vai pagar, tá me entendendo? Tu vai me pagar.

# 82

O Neto, até semana passada, estudava num colégio que traz espalhados por seus corredores cartazes com ilustrações e fotos, destacados de regulamento interno relativo à composição de uniforme no tocante, entre outras coisas, aos cortes e aos penteados permitidos aos alunos e às alunas. Cartazes com ilustrações e com fotos de meninos e meninas de cabelos lisos: são lembrança para as alunas de que é permitido o uso de cabelos curtos (cujo comprimento se mantenha acima da gola do uniforme) ou longos (desde que presos em tranças ou em rabo de cavalo), e elas sendo lembradas de que suas saias de uniforme devem sempre se manter exatamente na altura dos joelhos, e lembradas também de que até podem usar determinados adereços, relógio, pulseira, brinco, mas se discretos; e os cartazes são lembrança para os meninos de que seus cabelos precisam deixar bem à vista os contornos ao redor das orelhas (se for o tipo de cabelo que não faz volume para o alto na cabeça e sim do tipo que escorre pelo rosto, porque se for desse primeiro caso, o cabelo deve ser raspado rente ao cocuruto), e precisam ter tonalidade natural, sem adereços, e eles todos têm que se apresentar muito bem barbeados.

O Neto, até semana passada, estudava num colégio que tem monitores como os responsáveis pela ordem, sobretudo no corpo discente, por manter a disciplina, fiscalizar para que não haja não conformidades visíveis demais. Por exemplo, durante a formatura diária, em que os alunos são organizados por turma (e, nessas turmas, em ordem crescente de estatura) para receber os informes do dia, acompanhar o hasteamento da bandeira nacional — cantando o Hino Nacional, diariamente.

O Colégio Brigadeiro Newton Braga (CBNB) fica no Galeão, sub-bairro da Ilha do Governador. Assim como a PREP, ele também é vinculado ao Ministério da Aeronáutica, o que não quer dizer que chegue ao ponto de excelência anunciada de uma PREP, tampouco que alcance as condições de um dos Colégios Militares do Brasil. Mas, como um dos quatro ou cinco centros de assistência das Forças Armadas em atividade no país, o Newton Braga se posiciona alguns degraus acima da balbúrdia que são as escolas brasileiras em geral. É classificado como um instituto de ensino cívico-militar, o que na prática destaca sua vocação de ser um núcleo direcionador de jovens para centros formadores de cadetes.

Seu organograma é composto pelos monitores de todos os níveis, militares da reserva. Esses militares conseguem desse modo se recolocar na estrutura estatal de remuneração por soldo, enquanto reproduzem algo de seus tempos de caserna reforçando a importância dos valores do civismo, da dedicação, da excelência, da honestidade, do respeito. Instituem, por exemplo, a prática da ordem-unida como estimulador da disciplina e do espírito de corpo entre os alunos, além de desenvolvedor da resistência, da postura corporal e da coordenação motora (para o desfile cívico da Ilha do Governador, no Sete de Setembro, em que todas as escolas do bairro são representadas pelos seus alunos em marcha no entorno do parque Manuel Bandeira, no Cocotá, o Newton Braga promove, por meses, sessões de instrução com sua banda marcial, por turma, em horários alternativos ao das aulas).

Num país que deu terras pra imigrantes que vieram da Europa, e separou vagas nas escolas pros filhos desses imigrantes — perceba, tão agricultores quanto aqueles que vieram da África —, por que seria injusto guardar vagas nas escolas pros negros descendentes de pessoas que foram escravizadas por centenas de anos? Foi esse o principal argumento do sócio da firma em que trabalha Jorge Bola (em plena secretaria do CBNB, agitando um pataco de notas na mão, alguma coisa a mais do que o correspondente ao valor da matrícula) contra a informação de que o Neto não teria direito a estudar no Newton Braga, cinco anos atrás. Não teve história no colégio não, minha tia?, o pistolão completou desse jeito seu discurso enquanto dava tapinhas nas costas de uma funcionária da secretaria do CBNB, que guardava uns envelopes gordos de dinheiro num arquivo.

No Newton Braga, em geral, só estuda quem é filho de oficial da FAB (ou filho de gente importante), e esse sócio na firma onde trabalha Jorge Bola é também oficial da Aeronáutica. Ele é médico, e, justamente por ser médico, uma interpretação alternativa da lei tem permitido que acumule a função de coronel com a de sócio nessa construtora onde Bola trabalha. Fez questão de usar o seu prestígio, e tudo que estivesse a seu alcance, para ajudar o funcionário dedicado, de confiança, fundamental para o regular funcionamento da firma, que, naquela época, ameaçava voltar com a família para Friburgo, pois não conseguiria trabalhar tranquilamente antes de encontrar uma vaga para o filho de dez anos de idade na rede de ensino, sem contar que as escolas públicas do município do Rio já davam sinais de que se tornariam isso que elas acabaram se tornando.

Jorge Bola, ao mesmo tempo que foi informado de que poderia, sim, matricular seu filho no que muita gente acredita que seja o melhor colégio da Ilha inteirinha, recebeu um carnê de pagamento de mensalidades. Carnê de folhas numeradas e com campos em branco nessas folhas para marcar o valor a ser pago no mês, conforme a tendência de variação inflacionária. O Neto ficou permanentemente encaixado na sétima faixa de valores (numa tabela que toma por base os postos por antiguidade e seus assemelhados), a última faixa, destinada aos oficiais mais modernos da carreira militar e que não têm direito a desconto nenhum.

Na PREP não se paga nada de mensalidade, e os cadetes ainda recebem um soldo, a título de ajuda de custo, e também fardamento de graça, e rancho de graça, e teto no aloja para dormir de graça.

Em termos de comparação, o CBNB e a PREP trazem pontos que podem até confundir alguém que esteja observando de longe. No Newton os alunos vão para casa, toda tarde, após o fim das aulas, às cinco, ao passo que a PREP fica longe de tudo e, um pouco por isso, funciona num sistema chamado de semi-internato, que daria muito bem para ser chamado de sistema de internato pleno, já que os cadetes até são, em geral, autorizados a ir para suas casas aos sábados pela manhã, com retorno aos domingos no final da tarde, mas, na prática, acaba que ninguém faz isso por causa da escala de serviço de fim de semana e/ou da relação de punidos em situação de restrição de liberdade e/ou do preço da passagem de BQ até qualquer lugar na civilização. E a qualidade da comida no refeitório do CBNB não é tão baixa, se comparada à do rancho da PREP. E no Newton tem garotas em sala de aula, enquanto na PREP só tem homem. Um efetivo de para lá de mil cadetes com poderes de impor as vontades de uns sobre os outros, e só os bixos é que aguentam calados, basicamente porque sabem que no ano seguinte, com certeza, vai chegar outra Turma, em cima de quem vão poder descontar.

# 83

O professor Barbosa é chamado de Mestre Barbosa, exigência dele, diz que é questão de respeito, que todos os professores costumavam ser tratados dessa forma. Ele é o único integrante do corpo docente que é não paisano, é suboficial da reserva, e provavelmente é porque ele acumula as matrículas das disciplinas mais nobres do currículo da PREP (é titular das cadeiras de Educação Moral e Cívica, EMC, e de Organização Social e Política Brasileira, OSPB, matérias que têm como objetos de estudo a Segurança Nacional, o fortalecimento do Estado e o desenvolvimento econômico do país, definindo conceitos como educação, trabalho, ordem, pátria, tudo à luz da ideologia militar, matérias que exaltam o nacionalismo e o civismo, privilegiando o ensino de fatos — informações estritamente factuais — em detrimento da reflexão e da análise, práticas relacionadas à doutrinação pedagógica de esquerda), e acumula matrículas de outras disciplinas, história geral, história do Brasil, geografia física e geografia política, todas após longos períodos de interinidade.

A palestra desta tarde no auditório é, sim, já para uma introdução aos estudos dos valores exaltados em Moral e Cívica e OSPB, mas também é para definir o grupo que será responsável por compor o Grito de Guerra da Turma 89, e por organizar votação confirmando que seu nome será mesmo Cavaleiros do Fogo, e por confeccionar uma bolacha para a Turma. Ele pergunta quem aí de vocês escreve bem? Hein? E quem desenha bem? Hein? Quem se voluntaria? E explica que o que ele esperava era que todos levantassem as mãos, que antigamente quando um mais antigo fazia menção de convocar voluntários saía até briga para ver quem seria escolhido, que hoje as coisas estão muito diferentes, que o respeito já não é tão grande, que o prestígio no seu tempo era muito maior. Vocês sabem o que é voluntário de FAB, não sabem? Não sabem? Assim como há os voluntários de Marinha, os de Exército. Não sabem? O voluntário de Forças Armadas é um voluntário que não é voluntário. É um militar abraçando prontamente uma missão, deu pra entender? E pouco importa qual a sua natureza, essa coisa de que ordem absurda não se cumpre é uma notícia falsa. É uma mentira deslavada, combinado? Duvido que seja medida prevista no RDAer. Eu nunca li o RDAer, mesmo assim eu duvido. Quando um militar manifesta desejo por alguma coisa, e as pessoas têm que entender que não se trata, com toda a certeza, de um desejo vão, pois existe toda uma vivência nas costas desse militar, e existe uma instituição muito maior do que ele, com gerações e gerações de tradição dando respaldo, falando por ele, quando um militar manifesta desejo por alguma coisa, deve-se tentar cumprir esse desejo da melhor maneira, correto? Da melhor maneira.

Bolacha é o símbolo de uma Turma, por assim dizer, é o desenho, por exemplo, do mascote de um grupo — em pose varonil, querendo briga —, é uma águia tatuada praticante de queda de braço, é uma cabeça de caveira com sabres cruzados na parte de baixo olhando feio para você, é uma cobra fumando, é um avestruz enlouquecido para sentar a pua em cima de seus inimigos. A 89 deve mesmo vir a ser conhecida como a Turma Cavaleiros do Fogo, esse nome que surgiu ninguém sabe de onde mas parece que vingou. O Mestre Barbosa carteia os dez adaptandos mais modernos para desenvolverem uma ilustração que dê conta de simbolizar essa coisa de cavalo com fogo, sugere que eles tentem talvez retratar alguma espécie de templário armado com espada flamejante, e entrega para eles uma pasta com folhas impressas com os textos dos gritos de guerra das últimas Turmas a passarem pela PREP, para que eles se inspirem e escrevam sua própria versão de vinte-versos-com-palavras-de-ordem-meio-aleatórias-mas-que-servem-bem-quando-berradas--pelos-membros-da-Turma-naquele-trechinho-de-marcha-em--continência-ao-palanque-das-autoridades.

O Mestre Barbosa segue o seu discurso falando de seu tempo no Exército, porque antes da FAB ele já era militar, sentou praça aos quinze anos, no finzinho da década de 1920, e lutou na Grande Guerra, na volta da Itália é que foi promovido e teve a chance de juntar-se à FAB, veio aqui para Barbacena para servir na PREP na patente de segundo-sargento, exercendo a função de ajudante de ordens do chefe do Departamento de Ensino. Gostou da cidade, se casou, teve filhos, teve netos, e até hoje está lotado no DepEns, dos anos 1960 para cá afastado da ativa e adotado como professor de estudos sociais — a PREP como instituição aproveitando a experiência do Mestre Barbosa, os seus princípios bem arraigados na essência das normas e dos valores, das prescrições e das exortações que se fazem presentes na realidade social militar e que deveriam se fazer presentes em todas as realidades sociais.

*mas em vez desse filho de puta botar o pijama ele nao bota, tem cuidado com ele, cabrao, tem cuidado, dá aula pra todo cadete da prep, do primeiro até o sétimo ano, tá com a bolsa gorda de juntar com o valor da aposentadoria, e fica aí falando merda, nao faz outra coisa, daqui a pouco vai cantarolar uma guarania e todo mundo vai fazer de educaçao aquela cara de quem tá gostando, e a merda é que isso vai servir de estímulo pra ele emendar um trechinho de tango, e depois um pedacinho de bolero, até que vai tossir que todo mundo vai jurar que o velho vai morrer de tosse, cabrao, em hora boa mas ainda nao vai ser desta vez, vai dizer que já teve seus tempos de francisco alves, e depois vai falar mais um montao de merda, que nasceu lá no cu do espírito santo mas depois quem diria ele rodou o mundo, que a viagem pra guerra durou duas semanas enfiado pra dentro de um navio cargueiro, que ele se orgulha de nao ter aprendido uma única palavra de inglês já que os pracinhas da feb ficaram com o exército negro americano, um batalhao especial criado por causa da segregaçao que eles têm, que ele, e isso ele nao vai dizer em voz alta mas eu digo, que ele no brasil é visto como branco, cabrao, mas lá os soldados crioulos norte-americanos enxergavam ele como igual, que o uniforme do soldado brasileiro era de tecido vagabundo e da mesma cor do uniforme do soldado do exército alemao, que levou pedrada nas ruas de nápoles por causa disso, que o brasil é brasileiro e que ser brasileiro é amar o brasil, que o brasil dá pra vocês o pao e merece receber o sangue de vocês em pagamento, cabrao, que os aliados norte-americanos precisavam chegar em bolonia e pra isso os brasileiros foram escolhidos pra linha de frente no monte castelo, que o sub barbosa e os demais brasileiros percorreram uma rota de merda exposta ao fogo inimigo, que por isso foi grande o número de baixas e que*

Eu não sei nada de nada e tenho raiva de quem sabe, tenho raiva, quero muito é que morra quem sabe. Os americanos não levavam fé em nós, vocês sabiam? Ninguém levava. Caçoavam da capa de gabardina grande que era nossa proteção contra o frio de neve até o joelho e, se molhada, pesava era pra mais de doze quilos. Caçoavam sim. Mas tiveram que reconhecer nossa bravura na linha de frente. Nossa grande bravura. Nenhum brasileiro rebarbava não. Os aliados podiam até ter mais estudo, mais preparo do que nós, mas na hora do vem cá minha nega não tinha era pra mais ninguém. Não tinha não. Se a ordem era ir pelo morro debaixo de tiro das alemãozada, nós íamos. Os aliados não botavam nem nariz pra fora da trincheira. Desconfio até que teve gente deles desertando nessas horas. Desconfio sim. Mas nós encarávamos qualquer desafio, e sem titubeio. Eu sou a prova viva da fundamental importância do respeito cego à hierarquia, à disciplina. Por acaso vocês acham que alcançaríamos os êxitos que nós alcançamos se não fosse o fiel cumprimento da doutrina militar? Não mesmo. Sigam sempre as ordens dos seus superiores hierárquicos, e sem titubeio, eles sempre sabem o melhor caminho pra tropa.

Neste fim de palestra o mestre destacando que alguns dos candidatos até podem ser apenas candidatos, mas no dia de hoje, porque amanhã muitos deles estarão em posição de destaque no cenário social brasileiro. Daqui a trinta anos o mestre imagina que talvez ele mesmo não esteja mais aqui pela PREP, porém boa parte dos estagiários vai estar comandando os quartéis, vai estar à frente das tropas, traçando estratégias para o pleno e seguro desenvolvimento da nação, por isso é de suma importância que fiquem atentos desde agora ao campo de batalha político e social no Brasil e no mundo.

Diz que a principal habilidade que se espera de um oficial dos mais antigos é que seja capaz de prever o futuro. Que ele possa indicar para os mais modernos para que lado aponta a biruta do comportamento dos homens, com base na observação minuciosa de cenários e de toda uma sabedoria adquirida.

Ele soube que a recém-promulgada Constituição Federal é extensa e prolixa, é frouxa no tocante às questões da Segurança Nacional. Que ela tem muitos problemas e que todos eles poderiam ser tranquilamente contornados se não fosse a liberdade concedida a certos congressistas, partidários de uma esquerda barulhenta. Mas uma coisa positiva que a CF fez foi estender o direito de voto aos militares de baixa patente, agora os praças não serão mais excluídos do processo eleitoral.

Que os calouros atentem para a legislatura de um vereador do Rio, aquele capitão Bolsonaro, que eles acompanhem os seus movimentos, pois o capitão vai defender os interesses de toda uma classe no Legislativo, já não era sem tempo, o Bolsonaro será sindicalista lutando sem descanso pelos militares. Melhor seria mesmo se ele estivesse ocupando um assento em Brasília, assim seus esforços teriam alcance maior.

Este ano é de eleição para presidente, ele mesmo vai votar e a grande maioria dos cadetes também, outras novidades dessa Constituição, diz o pleito vai ser verdadeira bagunça com toda a certeza, o povo não sabe votar, vai ter muito candidato e os eleitores vão ficar confusos, alguns acham que querem mudanças, eles acham que invertendo os sinais da política neste país os resultados seriam melhores, daí há que se perguntar melhoraria pra quem?

Analisando a conjuntura política e levando em consideração informações sigilosas a que tem acesso, o mestre garante que o vencedor será Ulysses Guimarães, talvez já no primeiro turno. Lamenta o fato de o Brasil não ter, pelo menos ainda, um monumento tão sólido e tão absolutamente intransponível como a solução perfeita de um Muro de Berlim, um que dividisse o Brasil em dois Brasis, o Brasil que todos conhecemos e amamos, das belezas naturais, do povo alegre, valente e lutador, apartado de outro Brasil, para os preguiçosos e os aproveitadores, e de quebra, na passagem para o lado de lá, esse muro poderia nos servir de paredão de comunista, e ali promoveríamos justiças num Brizola da vida, num Roberto Freire, num Lula.

# 84

De todos os verbetes que compõem o Dicionário do Bixo (DB), que é, na verdade, o dicionário de todo e qualquer militar, seja ele da ativa ou da reserva, ou seja da FAB ou de outra Força, se existe um verbete nesse dicionário que é mais importante que os outros, que de alguma forma fica destacado dos demais, é o verbete "gozar". Ele é o único que surge duas vezes no livrinho, ou surge dividido em duas partes: uma vez como verbo de abertura da letra (quem abre o DB na letra "g" de "golfe" percebe que a primeira palavra é justamente essa, "gozar", numa ligeira licença das ordens alfabéticas mais rígidas, e ela aparece definida por alguns de seus sentidos possíveis, "deliciar-se", "deleitar-se com", "desfrutar", "usufruir", "aproveitar-se") e surge outra vez pelo meio dessa parte destinada aos termos começados com "g" (apresentando as acepções: "'refere-se ao' ou 'próprio do' orgasmo", "ter satisfação com", "sentir prazer com", "debochar, zombar de alguém", "divertir-se com o sofrimento de terceiros").

Quando um militar se depara com outro enfrentando uma dificuldade e se vira para esse outro dizendo gozei (geralmente é um grito, quando um militar se depara com outro enfrentando uma dificuldade e se vira para esse outro gritando gozei!), ele está só deixando claro um sentimento de sadismo, apenas expressando um sentimento de felicidade de saber de alguém se dando mal. É o fodido que goza ao constatar que tem alguém mais fodido, e assim se mantendo contente e acomodado nessa condição. O paradoxo do espírito de corpo/porco: ao mesmo tempo que é possível enxergar que um seu igual está sofrendo, e sofrendo sofrimentos semelhantes aos seus, e essa semelhança é uma energia de união, é possível — e é desejável — enxergar também as diferenças individuais, aquelas visíveis na pele. (Se não é sempre que se identifica um pederasta, por exemplo, até porque um trejeito, uma vozinha mole, é fácil de escamotear, o mesmo não ocorre com os crioulos, de longe dá para ver que um sujeito é de cor, não tem como esconder. Outros diferentes são os cucarachos, que são como os pretos daqui mas falando espanhol, e nesse bolo estão os mexicanos, os venezuelanos, os paraguaios, são todos iguais, eles chegam à PREP como cortesia entre nações amigas, um governo cucaracho desses faz concursos de oratória nas escolas públicas e os vencedores eles mandam para cá, todo ano chegam quatro ou cinco.) Uma energia horizontal que age junto a outras forças, essas de cima para baixo, acaba por constituir o tecido hierárquico capaz de incutir a obediência de antolhos em jovens sadios de corpo e de mente, o efeito cabresto perfeito. É uma válvula de escape eficaz no controle da tropa, estratégia belicista, um botão antimotim que os Comandos acionam de tempos em tempos para manter seu pessoal na atividade, num estado de alerta contínuo.

# 85

Agora, logo após o almoço, o Neto é chamado ao prédio do Comando do Corpo de Alunos-Cadetes, gabinete do tenente-coronel Antunes Filho. Fica em posição de sentido por quarenta minutos esperando o comandante retornar do rancho dos oficiais. O comandante chega e diz para o Neto não ter tanta cerimônia, que ele podia ter ficado esperando sentado numa das poltronas de assento de couro, ou pelo menos ter ficado em posição de descansar, pergunta se ninguém sugeriu isso para ele, se ninguém teria oferecido um café, uma água.

Diz que vai direto ao assunto, como é de seu feitio, que tem certos momentos na vida que podem ser duros, mas fazer o quê? Não adianta ficar enrolando se o gato já subiu no telhado. Uma ligação feita para a PREP na noite de ontem, já depois do silêncio, ligação que foi feita, ao que consta, por uma vizinha de três casas acima da casa onde vive a família do Neto, foi recebida pelo cabo de serviço na central telefônica, que, hoje, logo cedo, transmitiu o recado em detalhes para o oficial de dia, que comunicou o general-comandante da PREP, que por sua vez carteou o comandante Antunes Filho para dar a notícia de que o pai do Neto morreu.

Ele teria sido morto, e já faz uns dezessete para dezoito dias. Na sequência, parece, da apresentação do Neto no Portão da Guarda, sequência do dia da sua chegada na PREP, levado justamente pelo pai. Essa vizinha que não aguentou e decidiu telefonar ela mesma para comunicar o ocorrido. Ontem mesmo, no dia do sepultamento, ela chegou do cemitério do Cacuia e refletiu bastante e conversou com seu marido e procurou na lista telefônica o número da PREP, e depois disso decidiu telefonar para dar ciência do ocorrido, ainda que a mãe do Neto, a dona do defunto, não esteja totalmente certa de que é uma boa ideia que o filho receba uma notícia dessas em pleno período de adaptação.

As circunstâncias da ocorrência não estão completamente esclarecidas, no entanto há indícios de que Jorge Bola foi direto da rodoviária Novo Rio para a quadra da União da Ilha, era Quarta de Cinzas, e a escola ficou em terceiro lugar, a apenas um ponto da pontuação da campeã. Não venceu o Carnaval, mas quase, teve seu melhor desempenho de todos os tempos. A apuração tinha ocorrido poucas horas antes e não é impossível que o Bola tenha se juntado à comemoração ali mesmo pela zona portuária, e mais tarde, já na quadra, teve chope de graça como se a agremiação tivesse conseguido o troféu para ostentar na sua sala de honra.

Indo a pé para casa, porque os ônibus na Ilha param de rodar à meia-noite e só retornam às cinco e meia da manhã, e porque a quadra da União não chega a ser assim tão longe do lugar onde o Bola morava, ele parece que foi abordado por policiais militares. E talvez ele não tenha demonstrado o devido respeito aos agentes da lei. Estava feliz comemorando o resultado da União. Os policiais militares podem ter reagido a um movimento brusco. Eles podem muito bem ter confundido a baqueta de um surdo em que ele batucava com um revólver trinta e oito, ou com alguma espécie de pistola, não se sabe. Teve alguma confusão, mas parece que a coisa se deu de forma muito rápida. É possível supor que tenha havido testemunhas, no entanto ninguém se apresentou na 37ª DP para prestar depoimento. Mas a ocorrência ainda está sob investigação. O exame de balística foi não conclusivo em relação à quantidade de tiros no corpo de Bola, bem como quanto aos tipos de armamento utilizados, levando-se em conta os projéteis de calibres diferentes recolhidos na cena.

Isso já faz uns dezessete para dezoito dias, o enterro é que foi ontem, cerimônia sumária, assim que conseguiram a liberação do corpo junto ao IML, no prédio da rua dos Inválidos. O tenente-coronel Antunes Filho lamenta que segundo o previsto em regimento interno, que faz correlação com o RDAer, não se permitam ligações telefônicas entre adaptandos e quem quer que seja durante o Estágio de Adaptação Militar (EAM), não deixa de frisar que a conversa de agora no seu gabinete é uma concessão de pêsames, inclusive essa informação, a notícia do falecimento de um parente próximo de um adaptando, não foi nem será transmitida aos demais militares do efetivo da PREP, é informação sigilosa, alega torcer para que o Neto reflita sobre todos os aspectos relacionados a um pedido de dispensa a essa altura da adaptação, especialmente tendo em vista a natureza dos eventos ora relatados, e se o Neto decidir seguir pelo caminho da formatação militar, o major-brigadeiro comandante da PREP fará muito gosto, assim como ele mesmo, comandante do Corpo de Alunos-Cadetes, fará muito gosto, ambos, e todos na PREP, vão considerar uma atitude elogiável adotada por um mero candidato, comprobatória de um espírito de endurance acima da média.

Comunica que o Neto fica dispensado das atividades previstas para o Corpo de Alunos-Cadetes pelo resto do dia de hoje e sugere fortemente que ele aproveite para tirar um cochilo, para economizar uma energia de que vai precisar, já que amanhã logo cedo todos partem para a Semana do Campo de Enxofre.

Neto agora deixa o gabinete do Comando do Corpo de Alunos-Cadetes, sem prestar continência nem ao menos adotar a posição de sentido, ele simplesmente vira as costas e sai. Mas o tenente-coronel Antunes Filho releva, ele pensa tudo bem, não tem problema não.

# 86

Ouve-se no aloja dos bixos uma voz irritante, parecida com a voz irritante do cadete Sartori. O sujeito berrando à entrada do banheiro, sacudindo os braços de maneira afetada que nem o Sartori, ele que é da estatura do Sartori, que é todo magricela que nem o Sartori, fardado de uniforme de campanha de serviço de instrução mas com uma fronha branca de buracos rasgados no lugar dos olhos enfiada na cabeça, ele é um dos sessenta sujeitos de uniforme camuflado e fronha branca na cabeça que entraram pelo alojamento à meia-noite em ponto.

E os sessenta sujeitos não chegam a ser a grande novidade da noite de hoje (porque grupos menores, talvez a metade do efetivo desse grupo de agora mas também de camuflado, sempre à meia-noite, fronha branca na cabeça, de vez em quando eles entram também no alojamento, de maneira semelhante, acendendo as luzes e berrando para os Macacos da Turma se juntarem no centro do aloja, acelerado, e nessas horas os cerca de vinte mais negros da Turma, e são cerca de vinte e não um número preciso porque aí tem variantes, às vezes alguém de serviço na hora é desfalque, às vezes alguém que não tenha aguentado o EAM e foi de baixa, e ainda tem aqueles que estão na fronteira entre o pardo mais claro e o já mais ou menos aceito como sendo branco, a percepção varia, sem contar os quatro ou cinco cucarachos que estão sempre sendo convocados para inteirar, o fato é que os Macacos da Turma, uma verdadeira tradição prepiana, eles são retirados do aloja e levados para a rotunda a sul, daí as luzes são de novo apagadas e o silêncio é restabelecido, tudo volta ao seu normal), a grande novidade da noite de hoje é que as ordens berradas são para os candidatos todos da Turma 89.

Eles ficam cada um na sua cabeceira da cama, em posição de flexão de braço, ouvindo o discurso do encapuzado que parece ser o líder do grupo. Ele diz sejam bem-vindos, senhores, à Noite do Terror do Diabo. Pela manhã, os senhores já estão cientes, começa a Semana do Campo de Enxofre. Os senhores irão acordar no seu horário normal, às seis, no toque de alvorada. Se encaminharão ao rancho, pra um café da manhã reforçado. Eu sugiro fortemente que os senhores aproveitem essa oportunidade pra acumular uma energia de que vão precisar. Os senhores marcharão até o campo de instruções, local que tratamos bem-dizer como um lugar sagrado. Fica pra depois lá do Hospital Colônia, o Manicômio de BQ, nas terras da Fazenda da Caveira, a meia subida do morro da nascente do rio das Mortes. Antes de virar hospício, aquilo tudo era um enorme cafezal. E quando lá chegarem, senhores, aí sim terá início a Semana propriamente dita, fundamental pro fechamento do ciclo de adaptação. Mas isso tudo é só depois. Porque agora, senhores, vamos ter nossos momentos de esquenta. Todo mundo ainda em posição número um? Muito bom. As luzes do aloja vão ficar acesas direto até as três da manhã. En-ten-dido?

Os Macacos da Turma de sempre são levados ao centro do aloja, à base do tapão, só que hoje a eles juntam-se os top ten dos mais lanceiros da semana, e os cucarachos todos, e são separados em três times de cubol, vai ter uma espécie de campeonatinho, dois times disputando uma partida num campo improvisado no chão do banheiro, e um time para ficar na de fora. Os demais da Turma são divididos em duas metades, cada uma para torcer por um dos times em campo, e é para torcer com energia. O encapuzado que parece líder manda pode liberar o candidato Neto das partidas de hoje. O que faz o afetado que parece o Sartori perguntar como é que é?, olha a cor desse sujeito, meu irmão, tem certeza? E nessa hora dá para ver um fundo preto na parte de dentro dos buracos da fronha rasgados na altura dos olhos daquele que parece líder. Por acaso tu tá rebarbando, cadete? Não, tô rebarbando não senhor, vai lá, Neto, volta lá pro seu lugar.

Às quatro da manhã, precisamente uma hora depois de apagarem as luzes e deixarem o aloja dos bixos, os sessenta encapuzados retornam. Agora sem os capuzes, agora não mais acendendo as luzes todas de uma vez, mas estourando uma sequência de traques pelo alojamento, provocando uns estrondos que desorientam, provocando uma balbúrdia dos infernos.

# 87

A rotina-padrão do Estágio de Adaptação Militar (EAM) prevê muita coisa, porém a rotina-padrão não é sempre que é assim tão padrão. Está previsto, por exemplo, que haja por diversas vezes instrução de natação numa piscina térmica que não funciona como deveria; um treinamento de *wrestling*, que é na verdade um exercício de porrada livre; a Corrida de Nada, que é um dia da fase de adaptação em que os estagiários vão correndo da PREP ao quartel da polícia da cidade vizinha de Santos Dumont; o Teste de Sobrevivência no Mar, uma espécie de simulação de naufrágio em que grupos de dez candidatos ficarão, cada grupo no seu dia marcado, boiando no tanque, sem apoio nas bordas, desde o toque de silêncio até o toque de alvorada do dia seguinte, fardados de uniforme de campanha de serviço de instrução completo, ainda que BQ esteja duzentos e oitenta quilômetros distante do mar; a Semana do Campo de Enxofre, tradicionalmente a sétima, e penúltima, semana do período de adaptação, uma semana inteira que os adaptandos passarão acampados no terreno de um antigo cafezal.

# 88

Engraçado que a Fazenda da Caveira e toda aquela região, para os lados do Hospital Colônia, o Manicômio de BQ, essas terras eram propriedade de Silvério dos Reis, delator da Inconfidência Mineira. Ele espaiou seus companheiros de conspiração contra el-rei, chegou para o rei de Portugal entregando os detalhes do esquema, e foi premiado, em troca do perdão de umas dívidas bateu para o governo quem se reunia, e onde, e quando, e como conspiravam esses elementos envolvidos numa tentativa de tomar o poder da Coroa fazendo a independência do Brasil. Silvério traiu seus companheiros, e todos esses companheiros foram presos e julgados justamente como traidores. A bandeira e as armas e o brasão oficiais de Barbacena contêm o desenho de um braço estendido, qualquer um pode checar, é que o conspirador Tiradentes, o único que foi condenado e mandado para a forca pelo crime, logo após o enforcamento teve o corpo cortado em pedaços, e esses pedaços foram espalhados por Minas Gerais inteirinha. A parte esquartejada que coube a BQ foi o braço direito, exposto por um tempo espetado no alto de um poste e depois sepultado no adro da matriz da Piedade.

# 89

Na parte da tarde, no Campo de Enxofre, é previsto exercício diurno com bússola. Orientação durante o dia é tarefa das mais simples de realizar: os bixos divididos em grupos de quatro recebem cada grupo uma carta, espécie de mapa detalhado do terreno, e precisam percorrer certos pontos marcados e pegar quatro códigos, e entregar esses códigos na mão do instrutor-cadete responsável pela atividade. Tarefa simples, excelente para os bixos já irem se familiarizando com o real com que terão de conviver pelos próximos dias.

O último grupo a entregar os códigos na mão do instrutor-cadete responsável pela atividade é o grupo do Neto, um grupo composto só de cu de Turma, do 89/149 ao 89/152. E eles não entregam nem os códigos todos, falta um, de modo que não tem que fazer muita força quem quiser concluir que eles terão que retornar ao charco com a sua carta de orientação e procurar até achar o código que está faltando. E é bom que façam isso acelerado porque tem o horário da janta, e tem que aqui costuma escurecer de repente.

No meio do charco, com lodo pelo meio das canelas, ainda à procura do tal código que estava faltando e que encontrariam logo na sequência, o adaptando Feneghetti, por algum motivo, decidiu perguntar tu não me reconhece mesmo, né, gordão? Fico besta de ver. Foi na arquibancada do Maracanã, seu retardado. Eu te pedindo cola na prova do concurso aqui pra PREP, e tu não dava. E eu te pedindo de novo, e de novo tu não dava. Eu tava na onça, gordão, no desespero, precisava vir pra cá de qualquer jeito, por isso eu tava te pedindo cola. Mas ainda bem que tu não deu, né, porque acabou que tu ficou mais pro cu do que eu nessa porra. Tu que é burro pra caralho. Entrou de reclassi, não foi? Jurei de te pegar de porrada na saída do Maraca, mas não te encontrei. Custava alguma coisa? Era só dar um barato com o pé, discretamente, e tava safo, levantando só a ponta do pé pra dizer letra "a", ou só o calcanhar se fosse a letra "b", arrastando de leve com a sola no chão se fosse a "c", virando de banda desse jeito, ó, pra letra "d", e o contrário pra "e", na moleza, todo mundo que faz prova no Maracanã conhece o código, tu devia de saber também. Mas tu só ficava me olhando. Sorte que o sargento de fiscal no setor não se ligou porque senão era expulsão na certa. Pra nós dois. Em vez de me passar resposta por resposta da porra da prova, tu ficava com essa cara de otário que tu tá agora. Ó só, vou te dar o bizu, é bom tu se mexer pra encontrar logo esse código que tá faltando, só te digo isso, o dia já foi hard o bastante pra ficar, se der mole, até de madrugada nessa porra de charco procurando bandeirinha que só pode ter caído dessa porra dessa sua mochila quando a gente voltava pro acamp, só pode. Se liga, gordão, se pegar pro meu lado é tu que vai pagar, tá me entendendo? Tu que vai ter que pagar.

Às três e meia, o Neto e os demais da Turma estão na tenda-rancho tomando nas canecas de alumínio um café que se não fosse uma etiqueta escrita assim, "café", afixada no recipiente grande térmico indicando que esse líquido com cheiro que não dá para descrever, com gosto e aparência que não chegam perto de nada que já foi descrito nesse mundo como sendo café mas tem o mérito de ser um líquido bem quente, que é o que importa nesse frio de selva, se não fosse a etiqueta ninguém cravaria que essa coisa quase que pastosa saindo fumegante pela torneirinha do recipiente, ninguém cravaria que essa coisa é café. Na sequência, o Neto e os demais da Turma se equipam para o exercício de daqui a pouco, o FIT é um ciclo de simulações de guerra (Fibra, Iniciativa e Tenacidade) que começa hoje, a programação indica que todos precisam deixar o terreno das tendas direto para o Campo de Enxofre propriamente dito às cinco em ponto, todos se equipando cada um com seu fuzil HK33, que na versão completa pesa pouco mais de sete quilos, com suas mochilas de acamp, de quase seis quilos, com seus cintos de campanha, com encaixe para os facões e para os cantis e para os kits de primeiros socorros.

Foi uma marcha, em passo acelerado, de quatro ponto oito quilômetros até a ponta do comando *crow*, espécie de ponte de cordas usada para passar de uma margem para outra de um trecho mais ou menos caudaloso do rio das Mortes, e o Plano de Tempos e de Movimentos (PTM) está sendo cumprido na marca, agora que são cinco e cinquenta da manhã. Alguns instrutores percebem que alguns candidatos não chegam na ponta do *crow*, e retornam pela trilha para saber o motivo. Encontram Neto sendo meio que arrastado por colegas de Turma e não conseguem distinguir de pronto se estavam lhe prestando auxílio ou se cobrando para que acelerasse o passo de forma que ele atrapalhasse um pouco menos aqueles que ficaram de retardatários. Um dos instrutores grita tira a mão desse saco de bosta que ele deve completar o percurso sozinho, e dá-lhe um bofetão de mão fechada, e um chute na barriga, e uma joelhada na coxa direita, e um coice pelo meio da bunda. Seu merda. Seu fraco. Quilombola preguiçoso da porra. Outro instrutor manda Neto fazer exercícios de solo numa ladeirinha, flexão, polichinelo, Neto sobe e desce a ladeirinha sem se descuidar de seu equipamento, isso é fundamental, você tem que cuidar do fuzil melhor do que cuida da sua mulher, candidato. Você gosta de mulher? Responde, caga-pau filho da puta, você gosta de mulher? Eu acho que não. Tu tem cara que gosta de macho. Então cuida do fuzil que nem tu cuida do seu macho, pederasta do caralho. Tem que fazer carinho nele. Tá surdo, Sacão de Cocô?, faz carinho. O fuzil jamais pode ser abandonado, entendido? Eu não escutei, en-ten-dido? Já pensou tu na guerra e na hora que o inimigo vier pra dar o bote o seu fuzil não tá em condição de batalha? Já pensou se colocar nessa situação, candidato? O Neto tropeça de cair de focinho na lama, então leva mais chutes, de coturnos de tamanhos diferentes, agora nas costas, e nas pernas, e na cabeça, o capacete voa longe. Levanta, porra, continua o exercício. E tenta fazer flexões, com o fuzil na bandoleira. E a cada vez que torna a desabar, ganha mais pontapés. O Neto resmunga de cãibras, e escuta em resposta reage, caralho, faz alguma coisa. Me bate, faz alguma coisa. Você tem uma faca ainda na bainha, candidato. Você tem um fuzil. Nem passou pela sua cabeça checar se a munição que tem no pente é munição real. Mas será possível que não tenha sangue de atirar em mim com seu fuzil? E se vira para o pequeno grupo que acompanha a cena, uns instrutores, alguns candidatos, se vira para eles berrando senhores, então façam vocês alguma coisa: matem ele de porrada. Depois fica falando sozinho como que num transe, não não, como que na gravação do áudio para entrar em off nessa cena depois da edição, pessoas assim têm que ser extirpadas, sem dúvida alguma, teve um cadete uma vez que se formou sem a devida fibra, é coisa muito rara e foi um erro mas aconteceu, tempos depois, já tenente, foi o único que não atravessou o comando *crow*, não soube dar o exemplo. O Neto desmaia. O instrutor continua é preciso que todos entendam que é isso que acontece com os recrutas que não querem treinar. Com os que fazem corpo mole. É um exemplo negativo, a não ser copiado por ninguém. É uma vergonha. E aplica golpes com a coronha do fuzil na mão esquerda de Neto, que segue apagado. E dá cortes com faca no braço de Neto, e joga areia sobre os ferimentos. Vocês vão ver agora esse merda retomando prontamente a consciência. A técnica que usei vai causar um efeito como se ele estivesse com o braço pra dentro de um ninho de formigas-de-fogo. Ele vai despertar logo logo, vejam só.

© Carlos Eduardo Pereira, 2022

Todos os direitos desta edição reservados à Todavia.

Grafia atualizada segundo o Acordo Ortográfico da Língua Portuguesa de 1990, que entrou em vigor no Brasil em 2009.

capa
Mariana Newlands
obra de capa
Série G.R.E.S., de Mulambö
preparação
Márcia Copola
revisão
Tomoe Moroizumi
Ana Alvares

Dados Internacionais de Catalogação na Publicação (CIP)

Pereira, Carlos Eduardo (1973-)
Agora agora / Carlos Eduardo Pereira. — 1. ed. —
São Paulo : Todavia, 2022.

ISBN 978-65-5692-328-4

1. Literatura brasileira. 2. Romance. 3. Ficção
contemporânea. I. Título.

CDD B869.3

Índice para catálogo sistemático:
1. Literatura brasileira : Romance B869.3

Bruna Heller — Bibliotecária — CRB 10/2348

**todavia**
Rua Luís Anhaia, 44
05433.020  São Paulo  SP
T. 55 11. 3094 0500
www.todavialivros.com.br

fonte
Register*
papel
Pólen natural 80 g/m²
impressão
Geográfica